O ARREBATAMENTO
DE LOL V. STEIN
MARGUERITE DURAS

Tradução
Adriana Lisboa

O ARREBATAMENTO
DE LOL V. STEIN

/re.li.cá.rio/

COLEÇÃO
MARGUERITE
DURAS

MARGUERITE DURAS

SUMÁRIO.

09 PREFÁCIO
Arrebatando o fantasma
por Johan Faerber

●

27 O ARREBATAMENTO DE LOL V. STEIN

●

221 POSFÁCIO
Homenagem a Marguerite Duras
pelo arrebatamento de Lol V. Stein
por Jacques Lacan

●

237 SOBRE A AUTORA

239 SOBRE A COLEÇÃO MARGUERITE DURAS

PREFÁCIO.

ARREBATANDO
O FANTASMA •

*Johan Faerber**

* Johan Faerber é doutor em literatura pela Universidade Paris 3 – Sorbonne Nouvelle e atua como crítico literário e professor de letras modernas no ensino médio e na universidade. É especialista em *Nouveau Roman* e em literatura francesa contemporânea. É cofundador e coeditor do periódico cultural *Diacritik*; dirige a coleção Classiques & Cie da Éditions Hatier; membro do conselho de administração da Lettres Modernes Minard (Classiques Garnier) e consultor editorial da Armand Colin e da Dunod. É autor de *Proust à la plage* (Dunod, 2018), um romance crítico sobre a vida e obra de Marcel Proust, e coautor de *Les Procédés littéraires* (Armand Colin, 2018), em colaboração com Sylvie Loignon, e *La Cuisine des écrivains* (Dunod, 2012), em colaboração com Elsa Delachair.

No ocaso de sua vida, quando no auge do verão de Trouville, em *A vida material*, Marguerite Duras confidenciou a Jérôme Beaujour sobre seu romance então em curso, mas prestes a ser concluído; uma personagem da escritora voltaria a ser mencionada com uma insistência singular e perturbadora: Lol V. Stein. Se, mais do que qualquer outra personagem da obra durassiana, Lol V. Stein reaparece, fantasma entre fantasmas, no sentido literal de um espectro, é porque, sem dúvida, Lol, sua "pequena louca",[1] como Duras ainda a designa, se impõe como uma personagem inacabada – *como uma personagem de incompletude*. Desde a sua publicação, em março de 1964, na coleção Blanche da Gallimard, *O arrebatamento de Lol V. Stein* apresentou-se como "um livro à parte",[2] colocando em seu cerne o coração evanescente dessa heroína que, no ponto cego da existência, nunca deixará de se esquivar, de deixar sua

[1] DURAS, Marguerite. Le Bloc noir. In: __. *La Vie matérielle – Œuvres complètes, IV*. Paris: Gallimard, 2014, p. 323. (Bibliothèque de la Pléiade).

[2] DURAS. Le Bloc noir, p. 322.

história inacabada e, então, continuá-la a fim de tentar terminá-la em outra obra: *A mulher do Ganges* ou, ainda, *India Song*.

Nascido da visão delirante de uma jovem solitária e desorientada dançando no baile de Natal de um refúgio psiquiátrico que Duras visitava no início dos anos 1960, *O arrebatamento de Lol V. Stein* teve uma gênese tão atormentada e árdua quanto o destino implacável de sua heroína.[3] É, segundo Duras, uma "rocha negra" que cai, desprovida de brutalidade, na própria linguagem durassiana: sua opacidade inicial e final. Com efeito, talvez tenha sido no ano de 1962 – graças a um projeto teatral e depois cinematográfico, cuja estrutura dramatúrgica assombraria de forma persistente o romance, no esgotamento de uma abstinência alcoólica – que Duras esboçou a história melancólica dessa jovem abalada. O enredo é, a princípio, espantoso: Lola Valérie Stein, noiva de Michael Richardson, frequenta o cassino municipal de T. Beach, não muito longe de S. Tahla, num baile onde o homem com quem está prestes a se casar prefere, diante de seus olhos, uma mulher mais velha, Anne-Marie Stretter, com quem ele parte no fim da

---

3_ Para mais detalhes sobre os elementos materiais da gênese de *O arrebatamento de Lol V. Stein*, nos referiremos com interesse ao trabalho tão relevante quanto completo produzido por Bernard Alazet para a edição da La Pléiade: ALAZET, Bernard. Le Ravissement de Lol V. Stein: Notice. In: DURAS, Marguerite. *Œuvres complètes – II*. Paris: Gallimard, 2011. p. 1681-1707. (Bibliothèque de la Pléiade).

noite. É a estupefação. É o colapso. É, acima de tudo, a partir *da cena primitiva* do desastre de viver de Lola que, como amputada de si mesma ou da visão desse casal recém-formado, passa a chamar-se Lol V. Stein. E aí reside talvez o arrebatamento que, em três sentidos possíveis, mas não exaustivos, dá título a essa narrativa de obsessão e alegria mórbida de se estar obcecada: Lol vê as letras do seu nome sendo roubadas, subtraídas; Lol é roubada de si mesma, sequestrada, como que apagada de sua própria história; Lol é arrebatada pela possibilidade de, como um *voyeur*, assistir ao amor dos outros, mas com a dor irremediável de ver todo o espetáculo confiscado.

No entanto, até agora, não há a menor sombra de um romance. Nada mais que uma cena, violenta e atroz, com toques de trauma, a qual Jacques Lacan e depois Pierre Fédida elogiarão, na esteira de homenagens sucessivas de psicanalistas à escritora pelo perspicaz talento de compreensão da psiquê humana.[4] Pois a narrativa de Lol só poderá realmente começar quando, saindo da esquete teatral e abandonando o projeto cinematográfico, ela encontrar em Duras o material para um romance. Isso

---

4_ Para mais detalhes, ver LACAN, Jacques. Hommage fait à Marguerite Duras du Ravissement de Lol V. Stein (1965). In: ___. *Autres écrits*. Paris: Seuil, 2001. p. 191-197; FÉDIDA, Pierre. La douleur, l'oubli. *Change*, n. 12, p. 141-146, 1972. [N. E.] Sob o título "Homenagem a Marguerite Duras pelo arrebatamento de Lol V. Stein", a tradução do texto de Lacan acima referido é o posfácio deste livro.

ocorrerá quando Duras compreender que essa "Eva marinha"[5] se torna literalmente *inatingível*, ou seja, pertence incondicionalmente ao reino absoluto do discurso narrativo que diz sem mostrar, que mostra sem dizer: que sabe, como um saber sem ciência, deixar a personagem permanecer em seu enigma de personagem – em uma palavra: *incompleta*. Lol, essa pedra obscura para si mesma e para os outros, reclama assim uma palavra que busca se aproximar, cativar, uma palavra que tente decifrar esse ser de "alegria bárbara".[6] Duras não esconde isso, afirmando: "Trata-se de decifrar o que já está aí e o que já foi feito por você no sono da sua vida, na sua reelaboração orgânica, sem o seu conhecimento".[7] Nesse sentido, é *sem o seu conhecimento* que *O arrebatamento de Lol V. Stein* deve ser escrito – e, ainda mais precisamente, sem o conhecimento paradoxalmente consciente de seu próprio narrador: Jacques Hold.

Pois que o romance de Duras se inicia verdadeiramente quando, sem aviso prévio, surge seu narrador ou, melhor, seu estranho relator, Jacques Hold, que, entre a paciência reticente e a fascinação exaustiva, se

---

5_ DURAS, Marguerite. *O arrebatamento de Lol V. Stein*. Trad.: Adriana Lisboa. Belo Horizonte: Relicário, 2023, p. 33. [N. E.] Para as citações, neste prefácio, de *Le Ravissement de Lol V. Stein* (Paris: Gallimard, 1964), será usada a presente tradução da obra.

6_ DURAS. *O arrebatamento de Lol V. Stein*, p. 151.

7_ DURAS. Le Bloc noir, p. 321.

compromete a contar "a esmagadora atualidade dessa mulher na [sua] vida".[8] Mas, em uma desordem suprema dentro da própria desordem, muito rapidamente Jacques Hold se envolve em um imbróglio tão irredutível quanto suspeito, em que, não contente em ser o simples narrador da história – ele que se refere a essa cena como um "buraco de carne"[9] –, encarna um de seus principais atores. Amante secreto de Tatiana Karl, a melhor amiga de colégio de Lol, o homem aos poucos se apaixona por Lol, que, já esposa de Jean Bedford e mãe de suas três crianças, escolheu, ao anoitecer, deitada em um campo de centeio, observar furtivamente a janela do Hôtel des Bois, onde Hold se junta para noites de amor a Tatiana Karl e entrega a Lol "esse espetáculo inexistente, invisível, a luz de um quarto onde outras pessoas estão".[10] A partir daí, Jacques Hold, que deveria ser essa instância narrativa, no entrelugar dos casais, vê-se, no entanto, envolvido *sem o seu conhecimento* – portanto, no ardor do seu desejo – no centro de uma triangulação irresistível e apaixonada que vela e distorce as suas próprias palavras. Se, a exemplo do verbo *to hold*, que em inglês significa "sustentar" e "abraçar", poderia se

---

8_ DURAS. *O arrebatamento de Lol V. Stein*, p. 30.

9_ DURAS. *O arrebatamento de Lol V. Stein*, p. 67.

10_ DURAS. *O arrebatamento de Lol V. Stein*, p. 83.

dizer que Jacques Hold sustentava a narrativa e então abraçava Lol, por outro lado, talvez menos frequente no inglês, *to hold* se opõe a *to have*, pois, a propósito de "ter" e "possuir", nem Jacques Hold sustenta sozinho as palavras, nem Lol: ele as arrebata, literalmente, assim capturando Lol, ela quem, "na falta de sua existência, cala-se".[11]

Talvez devêssemos colocar a questão desta forma: Hold opta por narrar acrescentando, sempre que pode e também quando não deve, obscuridade à obscuridade, lidando decididamente com "uma obscuridade insondável".[12] Porque não há dúvida de que, contrariamente ao consenso da crítica que, desde a publicação desse maior romance, passou a instituir a ausência, senão o nada, da vida como qualidade ontológica de toda personagem durassiana (o que a própria autora chama "a despersonalização"[13]), esse vazio existencial não existe [para Hold]. Pior ainda, a inexistência da mulher que Jacques Hold designa como "a intrusa (...), a louca"[14] não é mais do que uma estratégia retórica, senão mesmo uma armadilha narrativa, destinada a ocultar Lol do

---

11_ DURAS. *O arrebatamento de Lol V. Stein*, p. 66.
12_ DURAS. *O arrebatamento de Lol V. Stein*, p. 117.
13 Ver ALAZET. Le Ravissement de Lol V. Stein: Notice, p. 1697.
14_ DURAS. *O arrebatamento de Lol V. Stein*, p. 93.

olhar dos leitores – como se, por amor, Hold quisesse esconder algo sobre Lol, esconder do leitor e da leitora um aspecto dela que ofendesse as suas sensibilidades. Como se Lol não fosse realmente essa mulher envolta em mistério, com um motivo indescritível, essa mulher que tinha vindo "encontrar ou procurar alguma coisa"[15] que Jacques Hold queria bem apresentar.

De fato, ao contrário do que a crítica durassiana pôde afirmar, caindo na armadilha de Hold e colocando o Neutro no centro de Lol, concentrando-se apenas em "seu ser incendiado" e "sua natureza destruída",[16] Lol nunca deixa de proclamar seu excesso de existência. A todo momento, por trás da conversa modernista sobre o vazio existencial com que Hold parece estar brincando, a heroína de Duras não manifesta nada além de uma insistência teimosa e doentia na existência – uma espécie de hipérbole do ser, dado que a jovem se manifesta em todos os lugares. Em uma inspeção mais minuciosa, longe de ser passiva, Lol se apresenta até mesmo como uma mulher à espreita, tanto que Jacques Hold não consegue deixar de se referir a ela como uma "besta separada da floresta".[17] Esse poder bestial está infali-

---

15_ DURAS. *O arrebatamento de Lol V. Stein*, p. 44-45.

16_ DURAS. *O arrebatamento de Lol V. Stein*, p. 135.

17_ DURAS. *O arrebatamento de Lol V. Stein*, p. 139.

velmente no caminho de cada um dos protagonistas, que ela acaba acompanhando como um animal que persegue sua sombra. Por isso é difícil para sua amiga Tatiana Karl dizer que Lol (quem Duras confidenciou a Pierre Dumayet levar uma "existência parasitária"[18]) é sinônimo da autoanulação em que Hold teimosamente quer que acreditemos. Surpreendentemente, mesmo com o relato de Hold sobre sua ausência, as aparências começam a se desfazer: Lol logo é descrita como "calculista"[19] e até mesmo "obcecada".[20] Pois Lol persiste em um mundo sombrio, o da noite do baile, que teimosamente a recusa. Por isso ela retorna obstinadamente. E Lol está de volta – e isso, por mais de um motivo.

No entanto, a hiperexistência que Lol V. Stein manifesta constantemente nunca é deixada ao acaso nos momentos e nas ruas pelas quais ela perambula por horas a fio. Se, como diz Jacques Hold, sua mente parece ser nada mais do que a caixa de ressonância de um "gongo vazio",[21] temos de admitir que as ações e os gestos de Lol seguem um *modus operandi* preciso, metódico e poderosamente ordenado. Surge outra história: Hold

---

18_ Ver DURAS, Marguerite. *Dits à la télévision: entretiens avec Pierre Dumayet*. Paris: Éditions Atelier; E.P.E.L., 1999.

19_ DURAS. *O arrebatamento de Lol V. Stein*, p. 74.

20_ DURAS. *O arrebatamento de Lol V. Stein*, p. 64.

21_ DURAS. *O arrebatamento de Lol V. Stein*, p. 67.

parece sobrecarregado porque *está fascinado* por seu próprio personagem. Ele não pode circunscrever Lol. Longe de ficar deprimida, Lol é resolutamente ativa. Isso é o que, claramente surpreso, Jacques Hold só pode observar quando o amante rejeitado demonstra inegável combatividade: "Em que universo perdido Lol V. Stein aprendeu a vontade feroz, o método?".[22]

Precisa e nua, a verdade é, sem dúvida, bem diferente – e decididamente *inapresentável* – daquela a que Hold gostaria de limitar o leitor: *Lol V. Stein age como uma assassina* – ou, pelo menos, como se estivesse prestes a cometer um crime ou já tivesse cometido algum ato criminoso. Tudo em Lol se resume às ações culpadas e sombrias de uma assassina: ela segue as pessoas. Ela espia. Ela espreita. Ela persegue. O próprio Jacques Hold só pode descrevê-la como uma mulher com intenções sombrias: "Ela deseja seguir. Seguir e depois surpreender, ameaçar com a surpresa. Isso já faz algum tempo. Se ela deseja ser surpreendida, por sua vez, não quer que aconteça antes de decidir por isso".[23] Longe da imagem dolorosa da heroína afligida por uma espécie de *taedium vitae*, Lol seria muito mais uma dominadora ou manipuladora, alguém que,

---

22_ DURAS. *O arrebatamento de Lol V. Stein*, p. 91.
23_ DURAS. *O arrebatamento de Lol V. Stein*, p. 74.

apesar de tudo, conforme observa ainda Jacques Hold, "fabricará as circunstâncias necessárias".[24]

Porque Lol V. Stein, que Duras ainda dirá ser magnética, "está à frente das personagens de seus livros",[25] junta-se à linhagem das grandes assassinas durassianas. Como Christine V., a quem Duras conscientemente doou o V. de Lol, esse V. como a letra escarlate do assassinato, ela mata. Ela vai matar. Ou talvez ela já tenha matado. Pois, no centro dessa história conturbada, para onde foi Michael Richardson? Aonde esse noivo evanescente poderia ter ido? Por que ele ainda não foi encontrado em lugar nenhum? Por que parece ter desaparecido? Não deveríamos, portanto, afastar-nos de uma leitura alegórica que a história de Jacques Hold gostaria de impor e, ao contrário, apontar a *literalidade* das observações que ele faz sobre Michael Richardson: "Lol não pensa mais nesse amor. Nunca. Ele está morto, chega a ter cheiro de amor morto"?[26] De repente, a obsessão torna-se assustadora. Povoada de feminicídios, a obra de Duras talvez carregue em seu centro o *incrível homicídio* de Michael Richardson. Onde, como Proust com Albertine, o romance durassiano da evocação de

---

24_ DURAS. *O arrebatamento de Lol V. Stein*, p. 91.

25_ DURAS. Le Bloc noir, p. 323.

26_ DURAS. *O arrebatamento de Lol V. Stein*, p. 69.

uma cena obsessiva (o baile) não resultaria senão de uma amnésia central (o assassinato).

Porém, Jacques Hold, que mais do que nunca segura firmemente o leme da história, não afirma isso de forma alguma. Pior: ele nem dá tempo aos leitores para fazerem a pergunta ou mesmo pensarem sobre ela, pois, em sua narração, Michael Richardson se oferece como a elipse consentida da própria história. Tanto é verdade que esse arrebatamento de Lol V. Stein definitivamente não deve ser entendido num sentido *passivo*: é a heroína que violenta e rouba ativamente.

Talvez seja necessário considerar o seguinte: *O arrebatamento de Lol V. Stein* pode ser lido, sem dúvida, como um romance policial, no qual, mais do que a suposta ausência de Lol para si mesma, o cadáver não localizável de Michael Richardson se destaca como a verdadeira mancha cega da narrativa, senão o buraco do próprio romance. Talvez a famosa palavra "buraco" não se apresente como se pensava até então, essa palavra a respeito da qual Jacques Hold escreve: "Seria uma palavra-ausência, uma palavra-buraco, em cujo centro teria sido escavado um buraco, esse buraco onde todas as outras palavras teriam sido enterradas. Não teria sido possível dizer essa palavra, mas seria possível fazê-la ressoar".[27] A palavra "buraco" é talvez o próprio assassinato, como se, de maneira inaudita, Lol V. Stein tivesse matado Michael Richardson, o "eterno Richardson, o homem de T. Beach",[28] mas não conseguisse mais se lembrar – só poderia fazê-lo ressoar na narrativa de ecos de Hold. Como se, de maneira alucinada, *O arrebatamento de Lol V. Stein* se apresentasse como um *romance policial cujo cadáver foi roubado – literalmente: arrebatado*. Um romance que faz da "memória de um morto desconhecido"[29] seu centro de gravidade ausente, explicando assim "a estranha omissão da dor"[30] decorrente do desaparecimento de Richardson.

Entretanto, Jacques Hold, preocupado e apaixonado, não para de tentar se apropriar do romance policial. Loucamente apaixonado por Lol, o homem usará sua história para tentar esconder a culpa, porque Jacques Hold entendeu perfeitamente quem é Lol. Ele sabe que Lol não está morta por dentro, mas que, com uma diferença importante, "Lol se faz de morta"[31] e age como a atriz Loleh Bellon, que inspirou Duras a nomear sua heroína. É por isso que sua narrativa tenta construir

27_ DURAS. *O arrebatamento de Lol V. Stein*, p. 66-67.
28_ DURAS. *O arrebatamento de Lol V. Stein*, p. 135.
29_ DURAS. *O arrebatamento de Lol V. Stein*, p. 135.
30_ DURAS. *O arrebatamento de Lol V. Stein*, p. 42.
31_ DURAS. *O arrebatamento de Lol V. Stein*, p. 55.

uma *história falsa* – como se, desde o início, duas narrativas estivessem constantemente competindo em *O arrebatamento de Lol V. Stein*: um romance policial que seria a verdade da loucura assassina de Lol, o qual Hold reprime em si ao sobrepor uma *fábula pós-romântica*. A esse respeito, por trás do véu de uma paixão louca assombrada pela tentação de um suicídio fosco, as ações de Lol, pelo menos como Jacques Hold as apresenta, parecem se referir a um tipo de romance policial inacabado: *elas não se completam*, cada uma constituindo um tipo de ação sem seu objetivo: *um romance policial sem o romance policial*.

Nesse sentido, a narrativa produzida por Jacques Hold deve ser lida como uma história que cria uma tela. Talvez aqui, novamente, se trate de uma espécie de resposta de época de Duras ao romance de adultério *La Jalousie*, de Alain Robbe-Grillet. Enquanto o papa do "Novo Romance" faz do marido ciumento o centro vazio da narração, e de sua esposa a adúltera culpada, Duras opta por redesenhar o triângulo amoroso fazendo do amante o narrador não mais ausente, mas presente através de sua história.

Tanto que, em seu relato de encobrimento, Jacques Hold adotará uma dupla estratégia para inocentar Lol: antes de tudo, ele implementa *um dispositivo de ficção* dentro da ficção. Sem se esconder, mas se valendo de hipóteses e reconstruções improváveis, Hold afirma inventar episódios da história de Lol em várias formulações que compõem a sua história: "Eu invento",[32] "minto"[33] ou ainda: "Invento que Pierre Beugner está mentindo".[34] Esses episódios se apresentam como mentiras, mas também como cuidados que o homem dedica à mulher que ele ama. Finalmente, Hold implementa *um dispositivo de dicção* na ficção. Proteger Lol também significa isolá-la. Sem cessar, Lol deixa incompletas suas frases, abrindo-se para *uma política da aposiopese* que de forma alguma deveria ser lida em Duras como uma palavra espreitada pela rarefação, senão pela interrupção tão cara a Blanchot. A aposiopese é Jacques Hold, que conscientemente interrompe Lol quando ela está prestes a fazer uma possível confissão. Assim é abruptamente interrompida aquela troca entre Tatiana e Lol pela música tocada por Jean Bedford: "– Você sempre ouve? – Quase sempre. Sobretudo quando eu".[35]

Esse duplo dispositivo de ficção e dicção responde, por fim, ao desdobramento da *fábula pós-romântica*

---

[32] DURAS. *O arrebatamento de Lol V. Stein*, p. 75.

[33] DURAS. *O arrebatamento de Lol V. Stein*, p. 143.

[34] DURAS. *O arrebatamento de Lol V. Stein*, p. 182.

[35] DURAS. *O arrebatamento de Lol V. Stein*, p. 115.

que se baseia num duplo paradigma discursivo, sempre com o objetivo de proteger Lol de uma possível culpa. O primeiro paradigma consiste então em imprimir em Lol *uma ontologia herdada do romantismo noir*. Essa famosa morte para si da heroína torna-se para Hold a oportunidade de desvendar uma rede de imagens herdadas de um dolorismo com toques góticos. Lol emerge como o fantasma desmaiado de uma Ofélia pálida, como um cadáver vivo: "Seu cabelo tinha o mesmo cheiro da sua mão, de objeto inutilizado". Ou ainda: "Ela não o vê mais claramente. Um mofo cinza cobre uniformemente os rostos, os corpos dos amantes".[36] Longe de qualquer neutralidade e até o extremo, esse romantismo mórbido que revela que "Lol está reduzida a cinzas"[37] autoriza Hold a estetizar excessivamente e a desresponsabilizar Lol, pois, em Duras, a rede de imagens explicitamente românticas ocupa, mais uma vez, o papel de ferramenta narrativa para adentrar a profundidade da trama e se tornar um elemento de defesa da heroína.

O segundo paradigma dessa trama-armadilha de Jacques Hold também é apresentado como *uma narrativa poética*. A potência metafórica que dela emana se mostra literalmente como um transporte de sentidos.

36_ DURAS. *O arrebatamento de Lol V. Stein*, p. 47 e 87.

37_ DURAS. *O arrebatamento de Lol V. Stein*, p. 68.

Como um Hölderlin mutilado em seu nome, Jacques Hold revela uma série de imagens cujo valor poético se esgota, *metáforas esgotadas* que já são indícios de construções estereotipadas do discurso: Lol vagueia pelo "suntuoso palácio do esquecimento",[38] ou mesmo a imagem desgastada da surpreendente menção aos olhos de Lol "apunhalados pela luz".[39] Como se Jacques *Hold/ Höld*erlin escrevesse violentamente mal para proteger Lol com uma força violenta.

O ponto principal é o seguinte: tanto para aqueles que aqui descobrem Lol V. Stein quanto para os que são surpreendidos por seu espanto ou para aqueles que voltam para rever Lol V. Stein, como se estivessem retornando ao baile, há uma única lei fundamental na obra de Duras que brilha no horizonte da narrativa: a leitura, esse arrebatamento.

---

38 DURAS. *O arrebatamento de Lol V. Stein*, p. 61.

39_ DURAS. *O arrebatamento de Lol V. Stein*, p. 127.

Para Sonia.

Lol V. Stein nasceu aqui, em S. Tahla, onde viveu por grande parte de sua juventude. Seu pai era professor na Universidade. Ela tem um irmão nove anos mais velho – nunca o vi –, dizem que mora em Paris. Seus pais morreram.

Nada ouvi dizer sobre a infância de Lol V. Stein que me tenha chamado a atenção, nem mesmo por parte de Tatiana Karl, sua melhor amiga durante os anos do colégio.

As duas dançavam, às quintas-feiras, no pátio vazio. Não queriam sair enfileiradas com as outras, preferiam ficar no colégio. Deixavam-nas em paz, diz Tatiana, elas eram encantadoras, sabiam melhor do que as outras pedir esse favor, que lhes era concedido. Vamos dançar, Tatiana? Um rádio num imóvel vizinho tocava danças fora de moda – um programa de músicas antigas – que lhes bastavam. Com as supervisoras ausentes, sozinhas no pátio grande onde, naquele dia, em meio às danças, ouvia-se o barulho das ruas, venha, Tatiana, venha logo, vamos dançar, venha. É o que sei.

Isto também: Lol conheceu Michael Richardson com 19 anos, durante as férias escolares, certa manhã, no tênis. Ele tinha 25 anos. Era o filho único de grandes proprietários de terras dos arredores de T. Beach. Não fazia nada. Os pais concordaram com o casamento. Lol devia estar noiva fazia seis meses, o casamento ia acontecer no outono, ela acabava de deixar definitivamente o colégio, estava de férias em T. Beach quando o grande baile da temporada aconteceu no cassino municipal.

Tatiana não acredita no papel preponderante desse famoso baile de T. Beach na doença de Lol V. Stein.

Não, Tatiana Karl situa bem antes, antes mesmo da amizade delas, as origens dessa doença. Estavam lá, em Lol V. Stein, latentes, mas impedidas de eclodir pelo grande afeto de que ela sempre fora cercada na família e em seguida na escola. Na escola, diz ela – e não era a única a pensar desse modo –, já faltava alguma coisa a Lol, algo que fazia com que não estivesse, em suas palavras, totalmente ali. Dava a impressão de tolerar, num tédio tranquilo, a pessoa que se sentia obrigada a ser, mas da qual perdia a memória na primeira oportunidade. Esplendor de ternura, mas também de indiferença, descobria-se logo, ela nunca parecia sofrer ou ficar triste, nunca se via nela uma lágrima de menina. Tatiana diz também que Lol V. Stein era bonita, que a disputavam no colégio, ainda que ela escorresse por entre as mãos feito água, porque o pouco que se retinha fazia o esforço valer a pena. Lol era engraçada, zombeteira impenitente e muito fina, ainda que uma parte sua estivesse sempre longe de você e do instante. Onde? No sonho adolescente? Não, responde Tatiana, não, mas não parecia estar em lugar algum, justamente, em lugar algum. Seria o coração que não estava ali? Tatiana tenderia a crer que era talvez o coração de Lol V. Stein que não estava mesmo, em suas palavras, ali – ele viria, sem dúvida, mas ela jamais o conhecera. Sim, parecia que era essa região do sentimento que, em se tratando de Lol, era diferente.

Quando correram os rumores do noivado de Lol V. Stein, Tatiana só acreditou em metade dessa informação: quem Lol teria podido descobrir capaz de reter sua atenção por completo?

Quando ela conheceu Michael Richardson e testemunhou a paixão louca que Lol sentia por ele, ficou mesmo perplexa, mas ainda lhe restava, contudo, uma dúvida: será que Lol estava mesmo pondo fim aos tempos daquele coração intocado?

Perguntei-lhe se a crise de Lol, mais tarde, não lhe teria trazido a prova de que ela se enganava. Ela me repetiu que não, que acreditava que aquela crise e Lol eram uma só desde sempre.

Não acredito em mais nada do que diz Tatiana, não estou convencido de nada.

Eis aqui, de maneira abrangente, misturados, esse subterfúgio que descreve Tatiana Karl e ao mesmo tempo o que eu invento sobre a noite do cassino de T. Beach, a partir dos quais vou contar minha história de Lol V. Stein.

Quanto aos dezenove anos que precederam aquela noite, não quero saber deles mais do que digo, ou pouco mais, nem de outra maneira que não seja em sua própria cronologia, ainda que ocultem um momento mágico ao qual devo o fato de ter conhecido Lol V. Stein. Não quero isso, porque a presença de sua adolescência nesta história ameaçaria atenuar um pouco, aos olhos do leitor, a esmagadora atualidade dessa mulher na minha vida. Vou, então, procurá-la, passo a acompanhá-la onde acredito que deva fazê-lo, no momento em que ela me parece começar a se mover para vir ao meu encontro, no momento preciso em que as últimas a chegar, duas mulheres, cruzam a porta do salão de baile do cassino municipal de T. Beach.

A orquestra parou de tocar. Uma dança terminava. A pista esvaziou-se lentamente. Ficou vazia.

A mulher mais velha se demorou um instante olhando para as pessoas no salão, depois se virou sorrindo para a jovem que a acompanhava. Sua filha, sem a menor sombra de dúvida. As duas eram altas, com uma constituição semelhante. Mas se a jovem ainda se acomodava de um modo desajeitado em sua estatura, em sua estrutura um tanto rígida, a mãe, por sua parte, ostentava aqueles inconvenientes como emblemas de uma obscura negação da natureza. Sua elegância, quando parada tanto quanto em movimento, Tatiana relata, era inquietante.

– Elas estavam hoje de manhã na praia – disse o noivo de Lol, Michael Richardson.

Ele havia parado, olhado para as recém-chegadas, depois conduziu Lol na direção do bar e das plantas verdes no fundo do salão.

Elas haviam atravessado a pista e se dirigido para a mesma direção.

Imóvel, Lol observou, como ele, o aproximar-se daquela graça abandonada, recurvada, de pássaro morto. Ela era magra. Devia ter sido sempre assim. Havia trajado aquela magreza, Tatiana se lembrava claramente, com um vestido preto de camada dupla de tule igualmente preta, muito decotado. Era assim que desejava ser e se vestir, era assim que desejava ser vista, inquestionavelmente. A admirável ossatura do seu corpo e do seu rosto podia ser adivinhada. Assim como aparecia, ela haveria de morrer com seu corpo desejado. Quem era ela? Mais tarde souberam: Anne-Marie Stretter. Era bonita? Quantos anos tinha? O que conhecera ela que as outras haviam ignorado? Por que via misteriosa chegara ao que se apresentava como um pessimismo alegre, deslumbrante, uma sorridente indolência com a leveza de uma nuance, de uma cinza? Uma audácia imbuída de si mesma, ao que parecia, era a única coisa a mantê-la de pé. Mas como era graciosa essa audácia, assim como ela. A forma campestre que as duas tinham de caminhar as deixava à vontade aonde quer que fossem. Aonde? Nada mais poderia acontecer com aquela mulher, pensou Tatiana, nada mais, nada. Exceto seu fim, ela pensava.

Será que ela olhou para Michael Richardson ao passar? Será que o varreu com aquele não olhar que ela passeava pelo baile? Era impossível saber, é impossível saber quando, consequentemente, começa minha história de

Lol V. Stein: o olhar, nela – de perto compreendia-se que esse defeito vinha de uma descoloração quase dolorosa da pupila –, alojava-se em toda a superfície dos olhos, era difícil captá-lo. Seu cabelo estava tingido de ruivo, a pele queimada e vermelha, Eva marinha a que a luz não fazia justiça.

Eles se reconheceram quando ela passou perto dele? Quando Michael Richardson se virou para Lol e a convidou para dançar pela última vez em suas vidas, Tatiana Karl o achou pálido e dominado por uma preocupação repentina tão avassaladora que ela sabia que ele tinha olhado com atenção, ele também, para a mulher que acabara de entrar.

Lol, sem dúvida alguma, notou essa mudança. Viu-se perturbada diante dela, ao que parecia, sem temê-la, sem jamais havê-la temido, sem surpresa; a natureza daquela mudança lhe parecia familiar: tinha a ver com a própria pessoa de Michael Richardson, referia-se àquele que Lol conhecera até então.

Ele havia se tornado diferente. Todos podiam ver. Ver que ele não era mais quem pensavam. Lol observava-o, observava-o mudar.

Os olhos de Michael Richardson tinham se iluminado. Seu rosto se contraiu na plenitude da maturidade. A dor podia ser lida ali, mas uma dor antiga, ancestral.

Logo que o viram outra vez desse jeito, entenderam que nada, nenhuma palavra, nenhuma violência no mundo, teria efeito sobre a mudança de Michael Richardson. Que agora ela teria que ser vivida até o fim. A nova história de Michael Richardson já estava começando a se fazer.

Aquela visão e aquela certeza não pareciam ser acompanhadas, em Lol, pelo sofrimento.

A própria Tatiana a achou mudada. Ela assistia ao evento, refletia sobre sua imensidão, sua precisão de relógio. Se ela fosse o próprio agente não apenas de seu advento, mas de seu sucesso, Lol não poderia ter ficado mais fascinada.

Ela dançou mais uma vez com Michael Richardson. Foi a última vez.

A mulher estava sozinha, um pouco afastada do bufê – sua filha havia se juntado a um grupo de conhecidos perto da porta do salão de baile. Michael Richardson caminhou em sua direção com uma emoção tão intensa que dava medo pensar que ele poderia ser rejeitado. Lol, em suspenso, também esperava. A mulher não recusou.

Foram para a pista de dança. Lol os observava – uma mulher cujo coração está livre de qualquer compromisso, muito idosa, vê dessa maneira os filhos partirem; parecia amá-los.

Preciso convidar aquela mulher para dançar.

Tatiana o vira agindo claramente de sua nova maneira, avançando, como que rumo ao suplício, inclinando-se, esperando. Quanto a ela, estava com o cenho ligeiramente franzido. Será que também o reconhecera por tê-lo visto aquela manhã na praia, e só por esse motivo?

Tatiana ficou junto de Lol.

Lol deu instintivamente alguns passos na direção de Anne-Marie Stretter ao mesmo tempo que Michael Richardson. Tatiana a seguiu. Então elas viram: a mulher entreabriu os lábios para não pronunciar nada, na espantosa surpresa de ver o novo rosto daquele homem percebido de relance pela manhã. Assim que ela se encontrou em seus braços, Tatiana entendeu, pelo súbito constrangimento que ela exibia, por sua expressão atordoada, imobilizada pela velocidade do golpe, que a perturbação que o invadira acabava de conquistá-la também.

Lol voltou para trás do bar e das plantas verdes, Tatiana com ela.

Eles dançaram. Dançaram de novo. Ele, os olhos sobre a parte nua de seu ombro. Ela, mais baixa, só olhava para o baile ao redor. Não tinham se falado.

Quando a primeira dança acabou, Michael Richardson voltou para perto de Lol, como sempre tinha feito até então. Havia em seus olhos algo que implorava por ajuda, por aquiescência. Lol sorriu para ele.

Então, no final da dança que se seguiu, ele não voltou mais para junto de Lol.

Anne-Marie Stretter e Michael Richardson não se largaram mais.

À medida que a noite avançava, parecia que as chances que Lol tinha de sofrer ficavam ainda mais rarefeitas, que o sofrimento não encontrara onde se infiltrar nela, que ela esquecera a velha álgebra das dores do amor.

Logo à primeira luz da aurora, finda a noite, Tatiana viu como eles haviam envelhecido. Embora Michael Richardson fosse mais jovem do que aquela mulher, ele a alcançara, e juntos – com Lol – os três envelheceram muito, centenas de anos, chegando àquela idade que está adormecida nos loucos.

Por volta dessa mesma hora, enquanto dançavam, eles trocaram algumas palavras. Durante os intervalos, continuaram completamente silenciosos, de pé um perto do outro, sempre mantendo a mesma distância dos demais. Exceto por suas mãos dadas durante a dança, não chegaram mais perto do que da primeira vez que se olharam.

Lol permanecia ali, onde o evento a encontrara, quando Anne-Marie Stretter entrou, atrás das plantas verdes do bar.

Tatiana, sua melhor amiga, também continuava ali, acariciava sua mão apoiada numa mesinha sob as flores. Sim, foi Tatiana quem teve por ela aquele gesto de amizade durante toda a noite.

Chegando a aurora, Michael Richardson procurou com os olhos alguém no fundo do salão. Não tinha descoberto Lol.

A filha de Anne-Marie Stretter havia fugido muito tempo antes. Sua mãe não notara nem sua partida nem sua ausência, ao que parecia.

Sem dúvida, Lol, como Tatiana, como eles, ainda não havia notado aquele outro aspecto das coisas: seu fim, com o dia.

A orquestra parou de tocar. O salão de baile parecia quase vazio. Apenas alguns casais continuavam ali, incluindo eles, e atrás das plantas verdes Lol e aquela outra jovem, Tatiana Karl. Eles não perceberam que a orquestra havia parado de tocar: quando deveria ter recomeçado, eles se reuniram como autômatos, sem ouvir que não havia mais música. Foi então que os músicos passaram à sua frente, enfileirados, seus violinos trancados em caixões funerários. Fizeram um gesto para detê-los, talvez para falar com eles, em vão.

Michael Richardson passou a mão pela testa, procurando no salão algum sinal de eternidade. O sorriso de

Lol V. Stein era um, naquele instante, mas ele não o viu.

Contemplaram-se em silêncio por um longo tempo, sem saber o que fazer, como sair da noite.

Naquele momento, uma mulher de certa idade, a mãe de Lol, entrou no salão de baile. Insultando-os, ela lhes perguntou o que tinham feito com sua filha.

Quem teria podido avisar à mãe de Lol do que estava acontecendo no baile do cassino de T. Beach naquela noite? Não tinha sido Tatiana Karl, Tatiana Karl não havia deixado Lol V. Stein. Ela viera por conta própria?

Procuraram ao redor quem merecia aqueles insultos. Não responderam.

Quando a mãe descobriu sua filha atrás das plantas verdes, uma modulação queixosa e terna invadiu o salão vazio.

Quando a mãe foi até Lol e a tocou, Lol finalmente deixou a mesa. Foi apenas naquele momento que compreendeu que um fim se desenhava, mas de forma confusa, sem ainda distinguir exatamente qual seria. A barreira que sua mãe formava entre os outros e ela era o prenúncio disso. Com a mão, usando muita força, ela a derrubou no chão. A queixa sentimental e obscura cessou.

Lol gritou pela primeira vez. Então novamente as mãos envolveram seus ombros. Ela certamente não as reconheceu. Evitou que seu rosto fosse tocado por quem quer que fosse.

Eles começaram a se mover, a caminhar em direção às paredes, buscando portas imaginárias. A penumbra da aurora era a mesma lá fora e dentro do salão. Finalmente encontraram a direção da porta verdadeira e começaram a se dirigir muito lentamente para lá.

Lol gritara sem cessar coisas que faziam todo sentido: não era tarde, o horário de verão enganava. Implorou a Michael Richardson que acreditasse nela. Mas como eles continuaram a andar – tentaram impedi-la, mas ela se libertou –, ela correu em direção à porta, atirou-se em seu batente. A porta, presa ao chão, resistiu.

De olhos baixos, eles passaram diante dela. Anne-Marie Stretter começou a descer, e depois ele, Michael Richardson. Lol os seguiu com os olhos através dos jardins. Quando não os viu mais, caiu no chão, inconsciente.

Lol, conta a sra. Stein, foi levada de volta para S. Tahla e ficou em seu quarto, sem sair em absoluto, por algumas semanas.

Sua história se tornou pública, assim como a de Michael Richardson.

A prostração de Lol, diz-se, foi então marcada por sinais de sofrimento. Mas o que dizer de um sofrimento sem sujeito?

Ela sempre dizia as mesmas coisas: que o horário de verão enganava, que não era tarde.

Pronunciava seu nome com raiva: Lol V. Stein – era assim que ela se designava.

Então começou a reclamar, de maneira mais explícita, por se sentir insuportavelmente cansada esperando daquele jeito. Estava entediada, a ponto de querer gritar. E gritava, de fato, que não tinha nada em que pensar enquanto esperava, exigindo com a impaciência de uma criança um remédio imediato para aquela falta. No entanto, nenhuma das distrações que lhe ofereceram teve qualquer efeito sobre esse estado.

Então Lol parou por completo de reclamar. Gradualmente, até parou de falar. Sua raiva minguou, desencorajou-se. Ela falava apenas para dizer que lhe era impossível expressar como era chato e demorado, demorado, ser Lol V. Stein. Pediam-lhe que fizesse um esforço. Ela não entendia por quê, dizia. Sua dificuldade em encontrar uma única palavra parecia insuperável. Ela parecia não esperar mais nada.

Será que estava pensando em alguma coisa, algo só seu?, perguntavam-lhe. Ela não entendia a pergunta. Parecia que tomava as coisas por óbvias, e que a prostração infinita de não poder se livrar desse estado não requeria que se pensasse a respeito, que ela se tornara um deserto no qual uma faculdade nômade a lançara na busca incessante de quê? Não sabiam. Ela não respondia.

Aquela prostração de Lol, sua consternação, sua grande dor, só o tempo haveria de curar, diziam. Foi considerada menos séria do que seu delírio inicial – não era provável que durasse muito, que provocasse uma grande mudança na vida mental de Lol. Sua extrema juventude logo iria varrê-la para o canto. Era explicável: Lol sofria de uma inferioridade passageira aos seus próprios olhos por ter sido abandonada pelo homem de T. Beach. Pagava, agora – mais cedo ou mais tarde isso tinha que acontecer –, pela estranha omissão de sua dor durante o baile.

Então, ainda muito silenciosa, ela voltou a pedir comida, que abrissem a janela, e o sono regressou. E logo já apreciava bastante que as pessoas falassem ao seu lado. Concordava com tudo o que era dito, relatado, afirmado diante dela. A importância de todas as observações era igual perante seus olhos. Escutava com paixão.

Deles ela nunca pedia notícias. Não fazia perguntas. Quando julgaram necessário informá-la de sua separação – da partida dele ela ficou sabendo mais tarde –, sua calma foi considerada auspiciosa. O amor que sentia por Michael Richardson estava morrendo. Inegável que era com parte de sua razão recuperada que havia acolhido tudo, a justa reviravolta das coisas, a justa vingança a que tinha direito.

A primeira vez que ela saiu foi à noite, sozinha e sem avisar.

Jean Bedford andava na calçada. Viu-se a cem metros dela – ela acabava de sair, ainda estava diante de sua casa. Quando o viu, escondeu-se atrás de um pilar do portão.

O relato daquela noite feito por Jean Bedford para a própria Lol contribui, parece-me, para sua história recente. São os últimos fatos nítidos. Depois disso, eles desaparecem quase que por completo dessa história por dez anos.

Jean Bedford não a viu sair, pensou que era alguma moça que estava passeando e tinha medo dele, de um homem sozinho, tão tarde da noite. O bulevar estava deserto.

A silhueta era jovem, ágil, e quando chegou na frente do portão ele olhou para ela.

O que o fez parar foi o sorriso sem dúvida medroso, mas que explodia com uma alegria intensamente viva ao ver aquele desconhecido, ele, se aproximando, naquela noite.

Ele parou, sorriu de volta para ela. Ela saiu de seu esconderijo e veio em sua direção.

Nada em sua atitude ou forma de se vestir indicava sua condição, exceto talvez seu cabelo, que estava em desordem. Mas ela poderia ter corrido e estava ventando um pouco naquela noite. Era provável que ela tivesse corrido até ali, pensou Jean Bedford, justamente porque estava com medo, do outro lado daquele bulevar deserto.

– Posso acompanhá-la, se estiver com medo.

Ela não respondeu. Ele não insistiu. Começou a andar e ela fez o mesmo ao seu lado, com um prazer óbvio, quase errático.

Foi quando chegaram ao final do bulevar, para o lado dos subúrbios, que Jean Bedford começou a acreditar que ela não estava indo numa direção precisa.

Esse comportamento intrigou Jean Bedford. Claro, ele pensou em loucura, mas não se ateve a isso. Nem à ideia de uma aventura. Era provavelmente algum jogo. Ela era muito jovem.

– Em que direção a senhorita está indo?

Ela fez um esforço, olhou para o outro lado do bulevar, de onde eles vinham, mas não apontou para lá.

– Quer dizer... – disse ela.

Ele começou a rir e ela riu com ele, também, com vontade.

– Venha, vamos por ali.

Dócil, ela voltou com ele.

Ainda assim, seu silêncio o intrigava cada vez mais. Porque vinha acompanhado de uma curiosidade extraordinária sobre os lugares por onde passavam, mesmo que fossem de uma banalidade completa. Parecia não apenas que ela havia acabado de chegar à cidade, mas que fora até lá encontrar ou procurar alguma coisa, uma casa, um jardim, uma rua, até mesmo um objeto que lhe seria de grande importância, e que ela só poderia encontrar à noite.

– Moro muito perto daqui – disse Jean Bedford. – Se a senhorita estiver procurando alguma coisa, posso ajudar.

Ela respondeu, com clareza:

– Nada.

Se ele parava, ela parava também. Ele se divertiu fazendo isso. Mas ela não percebeu esse jogo. Ele continuou. Parou uma vez por bastante tempo: ela esperou por ele. Jean Bedford encerrou o jogo. Deixou-a fazer o que ela quisesse. Embora parecesse conduzi-la, ele a seguia.

Notou que, sendo muito cuidadosa, dando-lhe a ilusão, a cada curva, de o seguir, ela continuava o movimento, avançava, mas nem mais nem menos do que o vento que se mete por onde encontra espaço.

Ele a fez andar um pouco mais, então lhe ocorreu a ideia de voltar ao bulevar onde a havia encontrado, para ver como seria. Ela se imobilizou por completo quando passaram em frente a uma determinada casa. Ele reconheceu o portão onde antes ela estava escondida. A casa era grande. A porta da frente permanecera aberta.

Foi então que lhe ocorreu que ela talvez fosse Lol Stein. Ele não conhecia a família Stein, mas sabia que era naquele bairro que morava. A história da jovem ele conhecia, como toda a burguesia da cidade que ia, em sua maioria, passar as férias em T. Beach.

Ele parou, pegou a sua mão. Ela não o impediu. Ele beijou aquela mão, o cheiro era suave, de poeira, e em seu dedo anular havia um lindo anel de noivado. Os jornais tinham anunciado a venda de todos os bens do rico Michael Richardson e sua partida para Calcutá. O anel resplandecia com todo o seu brilho. Lol olhou para ele também, com a mesma curiosidade com que olhava para o resto.

– A senhorita é a srta. Stein, não é?

Ela assentiu com a cabeça várias vezes, um pouco incerta no começo e mais decididamente no final.

– Sim.

Sempre dócil, ela o seguiu até sua casa.

Lá, entregou-se a uma indolência feliz. Ele falou com ela. Disse-lhe que trabalhava numa fábrica de aviação, que era músico, que acabava de passar férias na França. Ela escutava. Como ele estava feliz em conhecê-la.

– O que a senhorita deseja?

Ela não conseguiu responder, apesar de um esforço visível. Ele a deixou em paz.

Seu cabelo tinha o mesmo cheiro da sua mão, de objeto inutilizado. Ela era bonita, mas tinha, por causa da tristeza, da lentidão do sangue em subir pelas veias, a palidez acinzentada. Suas feições já começavam a desaparecer nessa palidez, a se enterrar novamente no fundo da carne. Ela havia rejuvenescido. Mais parecia ter quinze anos. Mesmo quando eu vim a conhecê-la, ela permanecera jovem de uma maneira enfermiça.

Ela se afastou da fixidez do olhar dele e, em meio às lágrimas, disse, implorando:

– Tenho tempo, e como demora.

Ela se levantou e foi até ele, alguém que sufoca, que sente falta de ar, e ele a beijou. Era o que ela queria. Ela o segurou com força e o beijou, por sua vez, a ponto de machucá-lo, como se o amasse, o estranho. Ele disse a ela, com gentileza:

– Talvez tudo vá recomeçar entre vocês dois.

Ela lhe agradava. Provocava-lhe o desejo – que ele apreciava – pelas garotas ainda não totalmente crescidas, tristes, impudicas e sem voz. Ele lhe deu a notícia sem querer.

– Talvez ele volte.

Ela procurou as palavras, disse lentamente:

– Quem foi embora?

– A senhorita não sabia? Michael Richardson vendeu suas propriedades. Foi para a Índia se juntar à sra. Stretter.

Ela acenou com a cabeça de forma um tanto convencional, triste.

– Sabe – ele disse –, eu não o culpo, como fazem as outras pessoas.

Pediu licença, disse-lhe que ia telefonar à mãe dela. Ela não se opôs.

Informada por Jean Bedford, a mãe chegou uma segunda vez para buscar a filha e levá-la para casa. Foi a última. Dessa vez, Lol a seguiu como, um momento antes, havia seguido Jean Bedford.

Jean Bedford a pediu em casamento sem ter voltado a vê-la.

A história deles se espalhou – S. Tahla não era grande o suficiente para se calar e engolir a aventura –, suspeitavam que Jean Bedford só amava mulheres com o coração partido, e também suspeitavam, o que era mais grave, que tinha estranhas inclinações por moças abandonadas que haviam enlouquecido por causa de outros.

A mãe de Lol lhe informou da singular proposta do passante. Ela se lembrava? Ela se lembrava. Aceitava.

Jean Bedford, ela lhe disse, devia se afastar de S. Tahla por alguns anos, devido ao trabalho, ela também aceitava? Ela também aceitava.

Num dia de outubro, Lol V. Stein se viu casada com Jean Bedford.

O casamento ocorreu em relativa intimidade, porque Lol estava muito melhor, dizia-se, e seus pais queriam, na medida do possível, esquecer seu primeiro noivado. No entanto, tomou-se o cuidado de não avisar ou convidar nenhuma das velhas amigas de Lol, nem mesmo a melhor delas, Tatiana Karl. O tiro saiu pela culatra. A precaução confirmou as suspeitas daqueles que acreditavam que Lol havia sido profundamente afetada, incluindo Tatiana Karl.

Assim, Lol se casou sem o desejar, da maneira que lhe convinha, sem passar pela selvageria de uma escolha, sem ter que plagiar o crime que teria sido, aos olhos de alguns, a substituição, por um ser único, daquele que partira de T. Beach, e sobretudo sem ter traído o abandono exemplar em que ele a havia deixado.

Lol deixou S. Tahla, sua cidade natal, por dez anos. Morou em U. Bridge.

Teve três filhos nos anos que se seguiram ao seu casamento.

Por dez anos, todos ao seu redor acreditavam, foi fiel a Jean Bedford. Se essa palavra tinha algum significado para ela ou não, certamente nunca se soube. Isso nunca foi uma questão entre eles, nunca, nem o passado de Lol, nem a famosa noite em T. Beach.

Mesmo após sua recuperação, ela jamais se preocupou em saber o que acontecera às pessoas que tinha conhecido antes do casamento. A morte de sua mãe – que desejara rever o mínimo possível depois de seu casamento – não a fez derramar uma lágrima. Mas essa indiferença de Lol jamais era questionada perto dela. Tinha se tornado assim depois de sofrer tanto, diziam. Ela, tão terna outrora – falavam disso como de tudo mais acerca de seu passado, já sedimentado –, naturalmente se tornara implacável e até um tanto injusta, desde sua história com Michael Richardson.

Encontravam desculpas para ela, especialmente quando sua mãe morreu.

Ela parecia confiante no desenrolar futuro de sua vida, não querendo mudar quase nada. Em companhia do marido, dizia-se que ela ficava à vontade e até mesmo feliz. Às vezes ela o acompanhava em suas viagens de negócios. Assistia a seus concertos, encorajava-o a fazer tudo o que ele gostava, a traí-la também, dizia-se, com operárias muito jovens de sua fábrica.

Jean Bedford dizia amar a esposa. Tal como ela era, como sempre fora antes e desde o casamento, dizia que ela ainda lhe agradava, que não acreditava tê-la mudado, mas sim que fora uma boa escolha. Amava aquela mulher, Lola Valérie, aquela presença calma ao seu lado, sua bela adormecida, com aquele apagamento contínuo que o fazia ir e vir entre o esquecimento e a redescoberta de seus cabelos louros, daquele corpo de seda que o despertar jamais modificava, daquela virtualidade constante e silenciosa que ele chamava de suavidade, a suavidade da sua esposa.

Uma ordem rigorosa reinava na casa de Lol em U. Bridge. Era quase como ela queria, quase, no espaço e no tempo. Respeitavam-se os horários. A localização de todas as coisas também. Não era possível, todos ao redor de Lol concordavam, chegar mais perto da perfeição.

Às vezes, sobretudo na ausência de Lol, aquela ordem imutável devia impressionar Jean Bedford. E também aquele gosto, frio, pelo comando. A decoração dos quartos e da sala de estar era uma réplica fiel daquela das vitrines comerciais; o jardim, a cargo de Lol, dos outros jardins de U. Bridge. Lol imitava, mas quem? os outros, todos os outros, o maior número possível de pessoas. A casa, à tarde, na sua ausência, não se tornava o palco vazio onde se encenava o solilóquio de uma paixão absoluta, cujo sentido escapava? E não era inevitável que às vezes Jean Bedford tivesse medo disso? Que era lá que ele deveria notar a primeira rachadura do gelo do inverno? Quem sabe? Quem sabe se ele ouviu isso um dia?

Mas é fácil tranquilizar Jean Bedford, e quando sua esposa estava presente – a maior parte do tempo –, quando ela se situava no centro de seu reinado, este devia perder sua agressividade, provocar menos indagações. Lol tornava a sua ordem quase natural, o que lhe era conveniente.

Dez anos de casamento se passaram.

Um dia, ofereceram a Jean Bedford a oportunidade de escolher entre vários melhores cargos em diferentes cidades, incluindo S. Tahla. Ele sempre sentira certa falta de S. Tahla, que havia deixado depois de seu casamento, a pedido da mãe de Lol.

O mesmo período de dez anos tinha se passado desde a partida final de Michael Richardson. E não apenas Lol nunca havia falado sobre isso, mas ficava cada vez mais feliz com a idade. Assim, se Jean Bedford hesitou um pouco em aceitar a oferta que lhe fizeram, Lol facilmente levou a melhor sobre sua indecisão. Ela só disse que ficaria muito feliz em ocupar a casa dos pais, até então alugada.

Jean Bedford lhe concedeu esse prazer.

Lol V. Stein organizou sua casa natal em S. Tahla com o mesmo cuidado bastante rigoroso da de U. Bridge. Conseguiu introduzir ali a mesma ordem gélida, fazendo-a funcionar no mesmo ritmo horário. Os móveis não foram trocados. Ela cuidou muito bem do jardim que estava abandonado, como já tinha cuidado muito do que o precedera, mas dessa vez errou no traçado. Desejava aleias uniformemente dispostas ao redor da varanda. As aleias, nenhuma das quais levava a outra, não eram utilizáveis. Jean Bedford se divertiu com esse descuido. Foram feitas outras aleias laterais que cruzavam com as primeiras e, logicamente, permitiam o passeio.

A situação de seu marido tendo melhorado muito, Lol contratou uma governanta em S. Tahla, e se viu dispensada de cuidar das crianças.

De súbito, tinha tempo livre, e muito; adquiriu o hábito de passear pela cidade de sua infância e seus arredores.

Enquanto em U. Bridge, por dez anos, Lol saía muito pouco – tão pouco que o marido às vezes a obrigava a fazê-lo por questões de saúde –, em S. Tahla ela adquiriu esse hábito por conta própria.

Primeiro, saía de vez em quando para fazer compras. Depois, saía sem pretexto, regularmente, todos os dias.

Esses passeios logo se tornaram indispensáveis para ela, como tudo o que lhe dizia respeito havia se tornado até então: a pontualidade, a ordem, o sono.

Nivelar o terreno, escavá-lo, abrir túmulos onde Lol se faz de morta me parece mais justo – a partir do momento em que é preciso inventar os elos que me faltam na história de Lol V. Stein – do que construir montanhas, erguer obstáculos, acidentes. E acredito, conhecendo essa mulher, que ela teria preferido que eu remediasse, nesse sentido, a escassez dos fatos de sua vida. Aliás, é sempre a partir de hipóteses não gratuitas – e que, a meu ver, já receberam um princípio de confirmação – que o faço.

Assim, se Lol não falou com ninguém sobre o que se segue, a governanta se lembra um pouco da calma da rua em certos dias, da passagem dos amantes, do movimento de retraimento de Lol – não fazia muito tempo que ela trabalhava para os Bedford, e nunca a tinha visto agir assim antes. Então, como eu, de minha parte, acho que também me lembro de alguma coisa, continuo:

Uma vez, sua casa toda pronta – só restava um quarto no segundo andar por mobiliar –, certa tarde de um dia cinzento, uma mulher passou em frente à casa de Lol e ela a notou. A mulher não estava sozinha. O homem que estava com ela virou a cabeça e olhou para a casa recém-pintada, o jardim onde os jardineiros trabalhavam. Assim que Lol viu o casal aparecer na rua, escondeu-se atrás de uma cerca-viva e eles não a viram. A mulher olhou, por sua vez, mas com menos insistência que o homem, como alguém que já tem familiaridade com o lugar. Eles trocaram algumas palavras que Lol não ouviu, apesar da calma da rua, exceto estas, isoladas, ditas pela mulher:

– Morta, quem sabe.

Assim que passaram pelo jardim, eles pararam. Ele pegou a mulher nos braços e a beijou furtivamente e com muito ímpeto. O ruído de um automóvel fez com que ele a deixasse. Separaram-se. Ele se virou e, com um passo mais rápido, passou de novo diante da casa, sem olhar.

Lol, em seu jardim, não tem certeza de ter reconhecido a mulher. Algo de familiar flutua naquele rosto. Naquela maneira de caminhar, no olhar também. Mas o beijo culpado e delicioso que se deram ao se separarem, surpreendidos por Lol, também não vem um pouco à tona em sua memória?

Ela não pensa mais em quem acaba ou não de rever. Espera.

É pouco depois que inventa – ela que parecia não inventar nada – de sair à rua.

A relação entre essas saídas e a passagem do casal, eu não a vejo tanto na familiaridade da mulher vislumbrada por Lol quanto nas palavras que ela disse descuidadamente e que Lol, como é provável, ouviu.

Lol se remexeu, revirou-se no sono. Saiu à rua, aprendeu a andar a esmo.

Uma vez fora de casa, mal chegava à rua, mal se punha a caminho, o passeio cativava-a completamente, libertava-a de querer ser ou fazer – ainda mais do que, até então, a imobilidade do sonho. As ruas carregavam Lol V. Stein em suas caminhadas, eu sei.

Segui-a várias vezes sem que ela jamais me surpreendesse, sem que se desviasse do que lhe interessava bem à sua frente.

Um acidente insignificante, e que ela talvez não teria nem podido mencionar, determinava seus desvios: o vazio de uma rua, a curva de outra rua, uma butique, a tristeza retilínea de um bulevar, o amor, os casais enlaçados nas esquinas dos jardins, sob as arcadas. Ela passava, então, num silêncio religioso. Às vezes, como nunca a viam se aproximar, os amantes se sobressaltavam, surpresos.

Ela devia se desculpar, mas fazia-o em voz tão baixa que ninguém jamais deve ter ouvido suas desculpas.

O centro de S. Tahla é extenso, moderno, com ruas perpendiculares. O bairro residencial encontra-se a oeste desse centro, é amplo e agradável, repleto de meandros e becos sem saída inesperados. Há uma floresta e campos, além de estradas, para lá desse bairro. Lol nunca chegou a ir até a floresta naquele lado de S. Tahla. Do outro lado ela ia a todo lugar, é lá que fica a sua casa, engastada no amplo subúrbio industrial.

S. Tahla é uma cidade grande o suficiente e povoada o suficiente para que Lol tivesse certeza, enquanto fazia suas caminhadas, de que elas passariam despercebidas. Principalmente porque não tinha um bairro favorito, ia a toda parte, só voltava aos mesmos lugares com pouca frequência.

Nada nas roupas ou no comportamento de Lol, de resto, poderia chamar a atenção para ela. A única coisa que o poderia ter feito era sua própria personagem, Lola Stein, a jovem abandonada do cassino de T. Beach que nascera e fora criada em S. Tahla. Mas se alguns reconheciam nela a jovem, vítima da monstruosa má conduta de Michael Richardson, quem teria tido a malevolência e a indelicadeza de recordá-lo? Quem teria dito:

– Talvez eu me engane, mas a senhora não é Lola Stein?

Pelo contrário.

Se circulou o boato de que os Bedford haviam retornado a S. Tahla e se alguns tiveram a confirmação disso ao ver a jovem passar, ninguém a abordava. Sem dúvida, achavam que ela dera um grande passo ao voltar e que merecia paz.

Suponho não ter ocorrido a Lol que as pessoas evitassem reconhecê-la para não se colocar na posição incômoda de lhe recordar uma dor antiga, uma dificuldade de sua vida passada, já que ela não se dirigia a ninguém e parecia, assim, manifestar o desejo de esquecer.

Não, Lol deve ter atribuído a si mesma o fato de poder andar incógnita em S. Tahla, considerá-lo como uma prova a que se submetia todos os dias e da qual saía vitoriosa todos os dias. Depois dos passeios, devia se sentir ainda mais reassegurada: se quisesse, as pessoas praticamente não a viam, mal a notavam. Ela se acredita moldada por uma identidade de natureza indecisa, que poderia ser chamada por nomes indefinidamente diferentes, e cuja visibilidade depende dela.

A instalação definitiva do casal, sua estabilidade, sua bela casa, sua tranquilidade, os filhos, a calma regularidade do andar de Lol, o rigor de seu casaco cinza, seus vestidos escuros de acordo com a moda – tudo isso não provava que ela havia saído definitivamente de uma crise dolorosa? Não sei. Mas este é o fato: ninguém a abordou durante aquelas semanas de alegre perambulação pela cidade, ninguém.

E quanto a ela, será que reconhecia alguém em S. Tahla? À exceção daquela mulher diante de sua casa, sem muita certeza, naquele dia cinzento? Acho que não.

Eu vi, seguindo-a – de um lugar escondido em frente à sua casa –, que ela às vezes sorria para certos rostos, ou ao menos era o que parecia. Mas o sorriso cativo de Lol, a imutável autossuficiência de seu sorriso era tal que as pessoas não faziam mais do que sorrir em retribuição. Ela parecia estar debochando de si mesma e do outro, um tanto incomodada, mas divertindo-se com o fato de se encontrar do outro lado do largo rio que a separava das pessoas de S. Tahla, do lado onde eles não estavam.

Assim, Lol V. Stein se viu outra vez em S. Tahla, sua cidade natal, aquela cidade que conhecia intimamente, sem dispor de nada, sem o menor sinal que testemunhasse aos seus próprios olhos esse conhecimento. Ela reconhecia S. Tahla, reconhecia-a constantemente por tê-la conhecido havia muito tempo e por tê-la conhecido na véspera, mas sem provas devolvidas por S. Tahla, a cada vez, projétil cujo impacto seria sempre o mesmo; sozinha, começou a reconhecer menos, depois, de maneira diferente, começou a voltar dia após dia, passo a passo em direção à sua ignorância de S. Tahla.

Aquele lugar do mundo onde se acredita que ela tenha vivido sua dor passada, aquela suposta dor, apaga-se pouco a pouco de sua memória em sua materialidade. Por que aqueles lugares e não outros? Em qualquer ponto que se encontre, para Lol é como se fosse uma primeira vez. Não dispõe mais da distância invariável da lembrança: está ali. Sua presença torna a cidade pura, irreconhecível. Ela começa a caminhar no suntuoso palácio do esquecimento de S. Tahla.

Quando ela voltava para sua casa – Jean Bedford relatou-o a Tatiana Karl –, quando retomava seu lugar na ordem que ali estabelecera, ficava alegre, animada como ao despertar, e tolerava melhor os filhos, apagava-se ainda mais diante da vontade deles, chegava mesmo a tomar o seu partido junto aos empregados, a assegurar sua independência diante dela, a disfarçar seus deslizes; suas insolências para com ela, Lol as perdoava, como sempre; os pequenos atrasos que ela não teria podido constatar naquela mesma manhã sem sofrimento, as pequenas irregularidades dos horários, os pequenos erros na estrutura de sua ordem, ela mal os notava depois de seus passeios. Além disso, começou a falar sobre essa ordem com o marido.

Disse-lhe um dia que talvez ele estivesse certo, aquela ordem não era, talvez, a que era necessária – não disse por quê; era possível que ela mudasse as coisas mais adiante. Quando? Mais adiante. Lol não especificou.

Todos os dias ela dizia, como se fosse a primeira vez, que havia caminhado por aqui ou por ali, em qual bairro, mas nunca relatava o menor incidente que tivesse testemunhado. Jean Bedford achava natural a reserva de sua esposa com relação a seus passeios. Já que essa reserva revestia toda a conduta de Lol, todas as suas atividades. Suas opiniões eram raras, e seus relatos, inexistentes. Será que o contentamento cada vez maior de Lol não provava que ela não encontrava nada de amargo ou triste na cidade de sua juventude? O principal era isso, Jean Bedford devia pensar.

Lol nunca mencionava as compras que teria podido fazer. Nunca fazia compras durante seus passeios por S. Tahla. Tampouco falava do tempo.

Quando chovia, todos ao seu redor sabiam que Lol espreitava a estiagem atrás das janelas de seu quarto. Acredito que ela devesse encontrar ali, na monotonia da chuva, aquele outro lugar uniforme, brando e sublime, mais adorável à sua alma do que qualquer outro momento de sua vida atual, aquele alhures que procurava desde que voltara a S. Tahla.

Consagrava suas manhãs inteiras à sua casa, aos seus filhos, à celebração daquela ordem tão rigorosa que só ela tinha a força e o conhecimento para fazer reinar, mas quando chovia demais para sair não se ocupava de nada. Aquela febre dos cuidados domésticos, que ela se esforçava para não demonstrar muito, dissipava-se por completo na hora em que ela saía, ou decidia sair embora a manhã tivesse sido difícil.

O que ela fazia naqueles momentos durante os dez anos precedentes? Eu lhe perguntei isso. Ela não soube me dizer o quê. Naquele mesmo horário ela não se ocupava com nada em U. Bridge? Com nada. Só isso? Ela não sabia como expressá-lo: nada. Atrás das janelas? Talvez isso também, sim. Mas também.

O que eu acho:

Pensamentos, um formigamento, todos igualmente atingidos pela esterilidade uma vez terminada a caminhada – nenhum desses pensamentos jamais passou pela porta de sua casa, ocorrem a Lol V. Stein enquanto ela caminha. É como se fosse o movimento mecânico de seu corpo a fazê-los surgir todos juntos num movimento desordenado, confuso, generoso. Lol os recebe com prazer e com igual espanto. O ar penetra em sua casa, perturba-a, ela é expulsa dali. Os pensamentos chegam.

Pensamentos que nascem e renascem, cotidianos, sempre os mesmos que vêm, desordenados, ganham vida e respiram num universo disponível de confins vazios e do qual um, apenas um, chega com o tempo, por fim, a ser lido e visto um pouco melhor do que os outros, a incitar Lol um pouco mais do que os outros a finalmente conservá-lo.

O baile tremeluzia ao longe, antigo, o único naufrágio num oceano agora calmo, na chuva, em S. Tahla. Quando eu disse isso a Tatiana, mais tarde, ela partilhou da minha opinião.

– Então era por isso que ela passeava, para melhor pensar no baile.

O baile volta um pouco à vida, palpita, agrega-se a Lol. Ela o reaquece, protege, alimenta; ele cresce, deixa seu recanto, alonga-se, um dia está pronto.

Ela entra ali.

Entra ali todos os dias.

A luz das tardes daquele verão, Lol não a vê. Ela penetra a luz artificial, prestigiosa, do baile de T. Beach. E, naquele recinto aberto apenas ao seu olhar, recomeça o passado, ordena-o, a sua verdadeira casa, arruma-o.

Uma obcecada, disse Tatiana; devia pensar sempre na mesma coisa. Sou da mesma opinião que Tatiana.

Conheço Lol V. Stein da única maneira que posso, através do amor. É em razão desse conhecimento que passei a acreditar nisto: dos múltiplos aspectos do baile de T. Beach, é o final que fascina Lol. É o momento preciso de seu fim, quando a aurora chega com uma brutalidade inacreditável e a separa do casal formado por Michael Richardson e Anne-Marie Stretter, para sempre, para sempre. Lol progride a cada dia na reconstituição desse instante. Consegue até mesmo captar um pouco de sua velocidade fulminante, estendê-la, cercar os segundos numa imobilidade de extrema fragilidade, mas que é, para ela, de uma graça infinita.

Continua a caminhar. Vê cada vez com maior precisão e clareza o que quer ver. O que está reconstruindo é o fim do mundo.

Ela se vê, e é esse o seu verdadeiro pensamento, no mesmo lugar, nesse fim, sempre, no centro de uma triangulação da qual a aurora e eles dois são os termos eternos: acaba de notar essa aurora, que eles ainda não perceberam – ela sabe, eles ainda não. Ela é impotente para impedi-los de saber. E recomeça:

Nesse exato momento, alguma coisa, mas qual? deveria ter sido tentada e não foi. Nesse exato momento, Lol se encontra dilacerada, sem voz para pedir socorro, sem argumento, sem a prova da desimportância do dia face àquela noite, arrancada e conduzida da aurora até o casal, num desvario continuado e vão que ocupa todo o seu ser. Ela não é Deus, ela não é ninguém.

Ela sorri, é claro, ante aquele momento pensado de sua vida. A ingenuidade de uma eventual dor ou mesmo de uma tristeza qualquer se desvinculou dele. Não resta desse momento nada além de seu tempo puro, de uma brancura de osso.

E recomeça: as janelas fechadas, seladas, o baile emparedado na sua luz noturna teria contido os três e só eles. Lol tem certeza disto: juntos, eles teriam sido salvos da chegada de um outro dia, de um outro, pelo menos.

O que teria acontecido? Lol não vai longe no desconhecido sobre o qual esse momento se abre. Ela não dispõe de nenhuma lembrança, nem mesmo imaginária, não tem ideia do que seja esse desconhecido. Mas o que acha é que tinha que penetrar nele, era o que tinha que fazer; teria sido eternamente, para sua cabeça e seu corpo, sua maior dor e sua maior alegria, misturadas até sua definição, que se tornara única, mas que era inominável por falta de palavras. Gosto de acreditar, porque a amo, que se Lol se cala na vida é porque acreditou, por um instante fugidio, que essa palavra poderia existir. Na falta de sua existência, cala-se. Seria uma palavra-ausência, uma palavra-buraco, em cujo centro teria sido escavado um buraco, esse buraco onde todas as outras palavras teriam sido enterradas. Não teria sido possível dizer essa palavra, mas seria possível fazê-la ressoar. Imensa, sem fim, um gongo vazio, ela teria retido aqueles que queriam partir, ela os teria convencido do impossível, ela os teria deixado surdos a qualquer vocábulo que não fosse ela mesma, de uma só vez os teria nomeado, o futuro e o instante. A falta dessa palavra estraga todas as outras, contamina-as; é também o cachorro morto na praia em pleno meio-dia, aquele buraco de carne. Como as outras foram encontradas? Esses restos de segunda mão de quantas aventuras paralelas à de Lol V. Stein, cortadas pela raiz, pisoteadas, e de massacres, ah! são muitos, quantas incompletudes sangrentas ao longo dos horizontes, amontoadas, e em meio a elas essa palavra que não existe, mas está lá: espera por você numa reviravolta da linguagem, desafia você – a palavra nunca serviu – a erguê-la, a fazê-la emergir de seu reino perfurado por todos os lados através do qual escorrem o mar, a areia, a eternidade do baile no cinema de Lol V. Stein.

Eles observaram a passagem dos violinistas, surpresos.

Teria sido necessário cercar o baile com um muro, transformá-lo naquele navio de luz em que toda tarde Lol embarca, mas que fica ali, naquele porto impossível, para sempre ancorado e pronto para deixar, com seus três passageiros, todo esse futuro em que Lol V. Stein agora se encontra. Às vezes ele tem, aos olhos de Lol, o mesmo entusiasmo do primeiro dia, a mesma força fabulosa.

Mas Lol ainda nem é Deus nem é ninguém.

Ele a teria despido de seu vestido preto lentamente, e, quando tivesse feito isso, uma grande etapa da jornada teria transcorrido.

Vi Lol despida, ainda inconsolável, inconsolável.

É impensável para Lol estar ausente do local onde esse gesto ocorreu. Esse gesto não teria acontecido sem ela: ela está com ele carne junto a carne, forma junto a forma, seus olhos cravados em seu cadáver. Ela nasceu para vê-lo. Outros nasceram para morrer. Esse gesto, sem ela para vê-lo, morre de sede, desmorona, cai, e Lol está reduzida a cinzas.

O corpo longilíneo e magro da outra mulher teria aparecido aos poucos. E, numa progressão rigorosamente paralela e inversa, Lol teria sido substituída por ela pelo homem de T. Beach. Substituída por aquela mulher, quase que até a própria respiração. Lol retém essa respiração: à medida que o corpo da mulher aparece para aquele homem, o seu se apaga, se apaga, voluptuoso, do mundo.

– Você. Só você.

Aquele lento rasgar do vestido de Anne-Marie Stretter, aquela aveludada aniquilação da sua própria pessoa, Lol nunca conseguiu levar a cabo.

O que aconteceu entre eles depois do baile já sem a sua presença, acho que Lol nunca pensa nisso. O fato de ele ter ido embora para sempre, se ela pensasse nisso, depois da sua separação, contra a vontade dela, continuaria sendo um bom sinal a seu favor, confirmaria a ideia que sempre tivera dele – a de que ele não viveria uma felicidade duradoura a não ser a da brevidade de um amor sem esperança, com coragem, nada mais. Michael Richardson fora amado em sua época com um amor grande demais, isso era tudo.

Lol não pensa mais nesse amor. Nunca. Ele está morto, chega a ter morto.

O homem de T. Beach só tem mais uma tarefa a cumprir, sempre a mesma no universo de Lol: todas as tardes, Michael Richardson começa a despir uma mulher que não é Lol, e quando aparecem outros seios, brancos, sob o tecido preto, ele permanece ali; deslumbrado, um Deus cansado com esse desnudamento, sua única tarefa, e Lol espera em vão que ele a tome de volta, com seu corpo tornado enfermo pela outra ela chora, espera em vão, chora em vão.

Então, um dia, esse corpo enfermo se agita no ventre de Deus.

Assim que Lol o viu, reconheceu-o. Tinha sido ele quem passara diante de sua casa algumas semanas atrás. Estava sozinho naquele dia.

Ele saía de um cinema no centro da cidade. Enquanto as pessoas se apressavam no corredor, ele se demorava. Ao chegar à calçada, pestanejou por causa da luz, olhou ao redor por algum tempo, não viu Lol V. Stein, jogou no ar com agilidade o paletó que levava com a mão sobre o ombro, com um movimento do braço trouxe-o de volta, depois o vestiu, sempre sem pressa.

Acaso ele se parecia com o noivo dela de T. Beach? Não, não se parecia com ele em nada. Teria algo dos trejeitos daquele amante desaparecido? Sem dúvida, sim, nos olhares que lançava às mulheres. Ele devia correr, ele também, atrás de todas as mulheres, incapaz de suportar sem elas aquele corpo difícil e, no entanto, ainda exigente, a cada olhar. Sim, havia nele, concluiu Lol, saía dele aquele primeiro olhar de Michael Richardson, aquele que Lol conhecera antes do baile.

Ele não era tão jovem quanto parecera a Lol da primeira vez. Mas talvez ela estivesse enganada. Achava sem dúvida que ele devia ser impaciente, talvez com pendor à crueldade.

Ele examinou o bulevar perto do cinema. Lol o havia contornado.

Atrás dele, em seu casaco cinza, Lol espera imóvel que ele decida ir embora.

Vejo isto:

O calor de um verão que ela até hoje suportou de modo distraído explode e se estilhaça. Lol está submersa nele. Tudo está, a rua, a cidade, esse desconhecido. Que calor, que cansaço é esse? Não é a primeira vez. Faz algumas semanas que ela às vezes gostaria de ter algo como uma cama, bem ali, onde deitar esse corpo pesado, esse corpo de chumbo, difícil de mover, essa maturidade ingrata e terna, à beira de sua queda numa terra surda e devoradora. Ah, que corpo é esse, de repente, do qual ela se sente dotada? Onde está aquele corpo de cotovia infatigável que ela usava até recentemente?

Ele tomou uma decisão: foi bulevar acima que se dirigiu. Hesitou? Sim. Olhou para o relógio e se decidiu por aquela direção. Lol já sabia o nome daquela com quem ele iria se encontrar? Ainda não, não exatamente. Ela ignora o fato de que é aquela mulher que ela seguia através daquele homem de S. Tahla. E, no entanto, a mulher não é mais apenas aquela vista de relance diante do seu jardim, acho que ela já é algo mais para Lol.

Se ele tinha um lugar específico onde estar numa hora determinada, dispunha de certo tempo entre aquela hora e este momento presente. Então ele o usava assim, encaminhando-se para lá de um modo mais ou menos genérico, com a vaga esperança, que Lol acreditava nunca o ter deixado, de encontrar mais uma, de segui-la, de esquecer aquela que estava indo encontrar. Esse tempo, ele o usava de forma divina, na opinião de Lol.

Ele caminhava com um passo uniforme perto das vitrines. Não é o primeiro em algumas semanas que caminha assim. Diante das mulheres sozinhas e bonitas, ele se virava, às vezes parava, vulgar. Todas as vezes Lol se sobressaltava, como se ele tivesse feito aquilo com ela.

Numa praia, em sua juventude, ela já tinha visto um comportamento semelhante ao de muitos homens de S. Tahla. Lembra-se de repente de ter sofrido com isso? Sorri diante desse fato? É provável que esses balbucios de sua juventude se situem agora numa memória suave e feliz para Lol. Agora ela vê os olhares deles dirigidos a ela em segredo, numa equivalência certa. Ela, que não se vê, é vista assim, nas outras. É essa a onipotência desse material de que é feita, sem um porto seguro particular.

Eles caminham numa praia, para ela. Não sabem. Ela o segue sem dificuldade. Seu passo é largo, ele deixa a parte superior do corpo quase que imóvel, contida. Ele não sabia disso.

Era um dia de semana. Havia pouca gente. O período de pico das férias estava se aproximando.

Eis o que vejo:

Prudente, calculista, ela caminha longe o bastante atrás dele. Quando ele segue outra mulher com os olhos, ela abaixa a cabeça ou se vira ligeiramente. O que ele consegue ver, talvez, esse casaco cinza, essa boina preta, nada mais, isso não é perigoso. Quando ele para diante de uma vitrine ou outra coisa, ela diminui o passo para não ter que parar ao mesmo tempo. Se a vissem, os homens de S. Tahla, Lol fugiria.

Ela deseja seguir. Seguir e depois surpreender, ameaçar com a surpresa. Isso já faz algum tempo. Se ela deseja ser surpreendida, por sua vez, não quer que aconteça antes de decidir por isso.

O bulevar sobe ligeiramente em direção a uma praça que eles alcançam juntos. De lá saem três outros bulevares em direção aos subúrbios. A floresta está deste lado. Gritos de crianças.

Ele toma o que mais se afasta dessa floresta: um bulevar reto, recentemente aberto, onde o trânsito é mais intenso que nos outros, a saída mais rápida da cidade. Apertou o passo. A hora passava. A margem de tempo que ele tinha antes de seu encontro, de que, portanto, dispunham os dois, Lol e ele, continuava diminuindo.

Esse tempo, ele o usava de modo perfeito, aos olhos de Lol, buscando. Gastava-o bem, andava, andava. Cada um de seus passos ecoa em Lol, golpeia, golpeia com precisão, no mesmo lugar, o prego feito de carne. Faz alguns dias, algumas semanas, os passos dos homens de S. Tahla golpeiam da mesma maneira.

Eu invento, vejo:

Ela só sente o calor sufocante do verão quando ele faz um gesto adicional durante a caminhada, quando passa a mão pelos cabelos, quando acende um cigarro, e sobretudo quando vê uma mulher passar. Então Lol acha que não tem mais forças para segui-lo, enquanto continua a fazê-lo, para seguir esse homem entre os de S. Tahla.

Lol sabia aonde levava aquele bulevar uma vez deixadas para trás as poucas casas da praça, uma vez deixada para trás também uma ilhota popular, destacada do corpo da cidade, onde há um cinema, alguns bares.

Invento:

A essa distância ele nem consegue ouvir seus passos na calçada.

Ela usa sapatos de salto baixo e silenciosos, os que calça para passear. Ainda assim, ela toma uma precaução extra, tira a boina.

Quando ele para na praça onde termina o bulevar, ela tira o casaco cinza. Está de azul-marinho, uma mulher que ele continua sem enxergar.

Ele parou junto a um ponto de ônibus. Havia muita gente, muito mais do que na cidade.

Lol então contorna a praça e se posiciona perto dos ônibus que chegam da direção oposta.

O sol já havia desaparecido e roçava o topo dos telhados.

Ele acendeu um cigarro, deu alguns passos para lá e para cá dos dois lados do ponto de ônibus. Olhou para o relógio, viu que ainda não estava na hora, esperou, Lol achava que o olhar dele estava em toda parte ao seu redor.

Havia mulheres ali aos bandos, esperando o ônibus, atravessando a praça, passando. Nenhuma escapava dele, fantasiava Lol, nenhuma que acaso lhe pudesse ter sido conveniente ou, pelo menos, em último caso, conveniente a algum outro que não fosse ele, por que não? Ele olhava indiscretamente para os vestidos, acreditava Lol, respirando bem, ali, no meio da multidão, antes daquele encontro do qual já tinha o antegozo em mãos, tomando as mulheres, imaginando tê-las por alguns segundos, depois rejeitando-as, desolado por causa de todas elas, por cada uma, por uma só, por aquela que ainda não existia mas que poderia tê-lo feito perder no último minuto aquela que ia chegar entre mil outras, chegar em direção a Lol V. Stein e que Lol V. Stein aguardava junto com ele.

Ela chegou, de fato, desceu de um ônibus lotado de pessoas voltando para casa com o fim da tarde.

Assim que ela caminha em direção a ele, nesse balanço circular, muito lento, muito suave, que faz dela a cada momento de sua caminhada o objeto de uma lisonja acariciante, secreta e sem fim, dela para si mesma, assim que Lol vê a massa negra daquela cabeleira vaporosa e seca sob a qual o rostinho triangular e branco é invadido por olhos imensos, muito claros, de uma gravidade desolada pelo inefável remorso de ser a portadora desse corpo adúltero, ela confessa a si mesma ter reconhecido Tatiana Karl. Só então, ela acredita, após semanas flutuando aqui e ali, ao longe, o nome surge: Tatiana Karl.

Ela estava vestida discretamente com um *tailleur* preto informal. Mas seu cabelo estava muito bem arrumado, atravessado por uma flor cinza, preso com pentes de ouro, ela havia se esmerado muito em arrumar o frágil penteado, uma longa e grossa faixa preta que, ao passar perto do rosto, bordejava o olhar límpido, tornava-o mais vasto, ainda mais desolado, e o que deveria ter sido tocado apenas pelo olhar, o que não se podia deixar ao vento sem destruir, ela devia – Lol o adivinha – ter aprisionado num véu escuro, para que quando chegasse a hora ele fosse o único a começar a destruir sua admirável banalidade, um único gesto e ela seria então banhada pelo despencar de sua cabeleira, da qual Lol de repente se lembra e vê mais uma vez luminosamente justaposta a esta. Dizia-se então que ela seria obrigada mais cedo ou mais tarde a cortá-la, aquela cabeleira, ela a cansava, arriscava fazê-la curvar os ombros devido ao seu peso, desfigurando-a pela sua massa demasiado volumosa para os seus olhos tão grandes, para o seu rosto tão pequeno, feito de pele e osso. Tatiana Karl não cortou o cabelo, aceitou o desafio de tê-lo volumoso demais.

Será que Tatiana estava assim, naquele dia? Ou mais ou menos, ou de outro modo completamente diferente? Às vezes também trazia o cabelo solto nas costas, usava vestidos de cores claras. Já não sei mais.

Trocaram algumas palavras e se foram por aquele mesmo bulevar, para lá do subúrbio.

Andavam a um passo de distância um do outro. Mal se falavam.

Acho que vejo o que Lol V. Stein deve ter visto:

Há entre eles um entendimento notável que não vem

do conhecimento mútuo, mas, precisamente, ao contrário, do desdém por esse conhecimento. Eles têm a mesma expressão de consternação silenciosa, de medo, de profunda indiferença. Vão mais rápido à medida que se aproximam. Lol V. Stein os observa, é como se gestasse, como se fabricasse esses amantes. A aparência deles não a engana. Eles não se amam. O que isso significa para ela? Outros diriam isso, pelo menos. Ela diria outra coisa, mas não fala. Outros laços os prendem num elo que não é o do sentimento, nem o da felicidade, trata-se de outra coisa que não traz nem dor nem alegria. Eles não são felizes nem infelizes. Sua união é feita de insensibilidade, de uma forma que é geral e que eles apreendem momentaneamente, toda preferência é banida. Estão juntos, trens que se cruzam muito perto um do outro, à sua volta a paisagem carnal e vegetal é a mesma, eles a veem, não estão sozinhos. É possível estabelecer um pacto com eles. Por caminhos contrários, chegaram ao mesmo resultado que Lol V. Stein; chegaram a ele de tanto fazer, dizer, tentar, enganar-se, ir e voltar, mentir, perder, ganhar, avançar, voltar de novo, e ela, Lol, por não fazer nada.

Há um lugar por ocupar, um lugar que ela não conseguiu obter em T. Beach há dez anos. Onde? Não vale aquele assento na ópera de T. Beach. Qual? Será necessário se contentar com esse para conseguir por fim abrir uma passagem, avançar um pouco mais rumo àquela margem distante onde eles vivem, os outros. Para quê? Que margem é essa?

O prédio comprido e estreito deve ter sido um quartel ou um prédio administrativo qualquer. Uma parte serve de garagem para os ônibus. A outra é o Hôtel des Bois, que tem má reputação, mas é o único onde os casais da cidade podem ir com total segurança. O bulevar se chama boulevard des Bois, e esse hotel é o último número. Na sua fachada existe uma fileira de amieiros muito antigos, com alguns faltando. Atrás se estende um amplo campo de centeio, liso, sem árvores.

Ainda há sol nessa paisagem rural e plana, nesses campos.

Lol conhece esse hotel por ter estado lá em sua juventude com Michael Richardson. Sem dúvida chegou até ali, às vezes, durante seus passeios. Foi lá que Michael Richardson lhe fez um juramento de amor. A lembrança da tarde de inverno também foi engolfada pela ignorância, na lenta e diária glaciação de S. Tahla sob seus passos.

Foi uma jovem de S. Tahla que, nesse local, começou a se enfeitar – demoraria meses – para o baile de T. Beach. Foi daqui que ela partiu para aquele baile.

No boulevard des Bois, Lol se demora um pouco. Não há necessidade de segui-los de perto, já que sabe para onde estão indo. Correr o risco de ser reconhecida por Tatiana Karl é o pior que pode acontecer.

Quando ela chega ao hotel, eles já subiram.

Na rua, Lol espera. O sol se põe. O crepúsculo chega, corado, sem dúvida triste. Lol espera.

Lol V. Stein está atrás do Hôtel des Bois, de pé na quina do prédio. O tempo passa. Ela não sabe se ainda são os quartos com vista para o campo de centeio que alugam por hora. Esse campo, a poucos metros dela, mergulha, mergulha cada vez mais fundo numa sombra verde e leitosa.

Uma janela se ilumina no segundo andar do Hôtel des Bois. Sim. São os mesmos quartos do seu tempo.

Vejo como ela chega até ali. Muito depressa, alcança o campo de centeio, deixa-se deslizar para lá, senta-se, deita-se. Na frente dela há essa janela iluminada. Mas Lol está longe de sua luz.

A ideia do que ela está fazendo não passa por sua cabeça. Ainda acho que é a primeira vez, acho que ela está ali sem a menor ideia de estar; se lhe indagassem, ela diria que está descansando. Do cansaço de ter chegado até ali. Do cansaço que vai se seguir. De ter que ir embora. Viva, moribunda, ela respira profundamente, nesta noite o ar é feito de mel, de uma suavidade exaustiva. Não se pergunta de onde vem a maravilhosa fraqueza que a deitou nesse campo. Ela a deixa agir, preenchê-la até a sufocação, embalá-la de modo rude, impiedoso, até o sono de Lol V. Stein.

O centeio estala sob suas costas. Centeio jovem de início do verão. Olhos colados na janela iluminada, uma mulher ouve o vazio – alimentar-se, devorar esse espetáculo inexistente, invisível, a luz de um quarto onde outras pessoas estão.

De longe, com dedos de fada, passa a lembrança de uma certa memória. Roça em Lol pouco depois de ela ter se deitado no campo, mostra-lhe, nessa hora avançada do fim de tarde, no campo de centeio, essa mulher que olha para uma pequena janela retangular, um palco estreito, delimitado como uma pedra, onde nenhum personagem apareceu ainda. E talvez Lol tenha medo, mas muito pouco, da eventualidade de uma separação ainda maior dos outros. Ela sabe, no entanto, que alguns lutariam – ela mesma, ainda ontem –, que voltariam correndo para casa assim que um resquício de razão fizesse com que se surpreendessem nesse campo. Mas é o último medo que Lol aprendeu, aquele que outros teriam em seu lugar, neste fim de tarde. Eles haveriam de aprisioná-lo em seu seio, com coragem. Mas ela, ao contrário, estima-o, doma-o, acaricia-o com as mãos sobre o centeio.

O horizonte, do outro lado do hotel, perdeu toda a cor. A noite vem.

A sombra do homem passa pelo retângulo de luz. Uma primeira vez, depois uma segunda vez, no sentido inverso.

A luz muda, fica mais forte. Não vem mais de trás, da esquerda da janela, mas do teto.

Tatiana Karl, por sua vez, nua em sua cabeleira preta, atravessa o palco de luz, lentamente. É talvez no retângulo de visão de Lol que ela para. Vira-se para trás, onde o homem deve estar.

A janela é pequena e Lol só deve conseguir ver os amantes com o busto cortado na altura do ventre. Assim, ela não vê a ponta da cabeleira de Tatiana.

A essa distância, quando eles falam, ela não ouve. Só vê o movimento de seus rostos, igual ao movimento de uma parte do corpo, desencantados. Eles falam pouco. E, novamente, ela só os vê quando eles passam perto do fundo do quarto, atrás da janela. A expressão muda de seus rostos ainda é parecida, Lol descobre.

Ele passa outra vez na luz, mas dessa vez vestido. E, logo depois dele, Tatiana Karl, ainda nua: para, arqueia as costas, a cabeça levemente erguida e, num movimento giratório do torso, com os braços no ar, as mãos prontas para recebê-la, traz a cabeleira para a frente, torcendo-a e a levantando. Seus seios, em comparação com sua magreza, são pesados, já bastante disformes, a única parte assim em todo o corpo de Tatiana. Lol deve se lembrar de quão puro era o vínculo entre elas. Tatiana Karl tem a mesma idade de Lol V. Stein.

Lembro-me: o homem vem enquanto ela cuida do cabelo, inclina-se, mistura a cabeça à massa maleável e abundante, beija-a, ela continua a ajeitar o cabelo, aquiesce sem se interromper, indolente.

Eles desaparecem por um momento bastante longo da moldura da janela.

Tatiana volta sozinha de novo, a cabeleira outra vez solta. Vai então até a janela, um cigarro na boca, e apoia os cotovelos ali.

Quanto a Lol, eu a vejo: não se move. Sabe que, se as pessoas não forem avisadas de sua presença no campo, ninguém poderá descobri-la. Tatiana Karl não vê a mancha escura no centeio.

Tatiana Karl se afasta da janela para reaparecer vestida, novamente coberta por seu *tailleur* preto. Ele também passa uma última vez, o paletó sobre o ombro.

A luz do quarto se apaga logo em seguida.

Um táxi, sem dúvida chamado por telefone, para em frente ao hotel.

Lol se levanta. Já é noite fechada. Ela está entorpecida e no início tem dificuldade para andar, mas logo, uma vez tendo chegado à pracinha, encontra um táxi. Já é hora do jantar. Ela está muito atrasada.

Seu marido está na rua, espera por ela, alarmado.

Ela mentiu e acreditaram nela. Contou que teve que se afastar do centro para fazer uma compra, compra que só conseguiria fazer nos hortos do subúrbio, plantas para uma sebe que estava planejando, entre o jardim e a rua.

Compadeceram-se dela com ternura por ter tido que caminhar tanto tempo em ruas escuras e desertas.

O amor que Lol sentira por Michael Richardson era para seu marido a garantia mais segura da fidelidade da esposa. Ela não conseguiria encontrar uma segunda vez um homem feito na medida daquele de T. Beach, ou então teria que inventá-lo, mas ela não inventava nada, acreditava Jean Bedford.

Nos dias que se seguiram, Lol procurou o endereço de Tatiana Karl.

Não deixou de fazer seus passeios.

Mas a luz do baile se extinguiu em um só golpe. Ela não o vê mais claramente. Um mofo cinza cobre uniformemente os rostos, os corpos dos amantes.

Os Karl nunca tinham morado em S. Tahla. Foi na escola que Lol e Tatiana se conheceram, passavam as férias em T. Beach. Seus pais praticamente não se conheciam. Lol havia esquecido o endereço dos Karl. Escreveu para a associação de ex-alunas do colégio: com a aposentadoria do pai, os Karl haviam se mudado, moravam junto ao mar, perto de T. Beach. De Tatiana, nunca mais tiveram notícias desde aquela mudança. Lol não desistiu, escreveu à sra. Karl uma carta longa e embaraçada para lhe dizer o quanto gostaria de reencontrar Tatiana, a única de suas amigas que jamais esquecera. A sra. Karl respondeu muito afetuosamente a Lol, e lhe deu o endereço de sua filha, que estava casada havia oito anos com o dr. Beugner, em S. Tahla.

Tatiana morava numa casa espaçosa, ao sul de S. Tahla, perto da floresta.

Em várias ocasiões Lol foi passear nos arredores daquela casa, que já tinha visto, como todas as da cidade.

Encontrava-se num local um pouco elevado. Um jardim, grande e arborizado, dificultava vê-la pela frente, mas atrás, pelo canal sinuoso de uma ampla aleia, a casa se deixava melhor descobrir, pisos com varandas, um grande terraço no qual Tatiana, no verão, costuma ficar. É desse lado que fica o portão de entrada.

Sem dúvida não estava nos planos de Lol se precipitar na casa de Tatiana, mas dar primeiro uma volta em torno da propriedade, passear pelas ruas que a circundavam. Quem sabe? Tatiana podia sair, elas iam se rever assim, iam se reencontrar assim, aparentemente por acaso.

Isso não aconteceu.

Da primeira vez, Lol deve ter visto Tatiana Karl no terraço, deitada numa espreguiçadeira, de maiô, sob o sol, os olhos fechados. Da segunda vez também.

Uma vez, Tatiana Karl não devia estar ali. Lá estava sua espreguiçadeira, uma mesinha baixa e revistas coloridas. O tempo naquele dia estava encoberto. Lol se demorou. Tatiana não apareceu.

Então Lol decidiu fazer uma visita a Tatiana. Disse ao marido que pretendia ver uma velha amiga do colégio, Tatiana Karl, cuja foto havia encontrado por acaso ao fazer uma arrumação. Nunca tinha lhe falado dela? já não sabia. Não. Jean Bedford ignorava o nome.

Como Lol nunca expressava o desejo de ver ou rever alguém, a iniciativa surpreendeu Jean Bedford. Ele questionou Lol. Ela se ateve à única razão que deu a ele: desejava saber notícias de suas antigas amigas de escola, sobretudo dessa, Tatiana Karl, que, em sua memória, era a mais querida de todas. Como ela sabia seu endereço em S. Tahla? Vira-a sair de um cinema no centro. Escrevera para a associação de ex-alunas de sua escola.

Jean Bedford havia se acostumado a ver sua esposa, ao longo dos anos, satisfeita, sem pedir mais nada ao seu lado. A imagem de Lol conversando com alguém era inimaginável e até um pouco repulsiva, ao que parece, para quem a conhecia. No entanto, parece que Jean Bedford não fez nada para impedir que Lol finalmente se comportasse como as outras mulheres. Isso deveria acontecer, cedo ou tarde, e provava como ela estava melhor com o passar dos anos; ele desejara que acontecesse, Jean Bedford deve ter se lembrado disso, ou será que preferia que ela permanecesse como tinha sido por dez anos em U. Bridge, naquela irrepreensível virtualidade? Imagino que um pavor tenha atravessado Jean Bedford: era de si mesmo que era preciso desconfiar. Teve que fingir estar feliz com a iniciativa de Lol. Tudo o que a tirasse de sua rotina diária, ele disse, o encantava. Ela não sabia disso? E seus passeios? Será que ele poderia conhecer Tatiana Karl? Lol lhe prometeu que sim, nos próximos dias.

Lol comprou um vestido. Adiou por dois dias sua visita a Tatiana Karl, o tempo de fazer aquela compra difícil. Decidiu-se por um vestido de verão, branco. O vestido, na opinião de todos da casa, caía-lhe muito bem.

Mantendo segredo de seu marido, seus filhos e seus empregados, ela se preparou durante horas naquele dia. Não era só o marido, todos sabiam que ia visitar uma amiga de escola de quem havia sido muito próxima. Todos ficaram surpresos, mas em silêncio. Na hora de sair, admiravam-na, ela achou que tinha que dar detalhes: havia escolhido aquele vestido branco para que Tatiana Karl a reconhecesse melhor, mais facilmente; foi à beira-mar, ela se lembrava, em T. Beach, que vira

Tatiana Karl pela última vez, havia dez anos, e naquelas férias, a pedido de um amigo, andava sempre de branco.

A espreguiçadeira estava em seu lugar, a mesa também, as revistas. Talvez Tatiana Karl estivesse em casa. Era um sábado por volta das quatro horas. Fazia bom tempo.
Eis o que acho:
Lol, mais uma vez, contorna a casa, não mais na esperança de esbarrar com Tatiana, mas para tentar acalmar um pouco essa impaciência que a agita, que a faria correr: nada deve ser mostrado a essa gente que ainda não sabe que sua tranquilidade vai ser perturbada para sempre. Tatiana Karl tornou-se tão querida para ela em poucos dias que, se sua tentativa falhasse, se nunca mais a visse, a cidade haveria de se tornar irrespirável, mortal. Era preciso ter sucesso. Mais precisamente do que um futuro mais distante, esses dias serão, para essa gente, o que ela, Lol V. Stein, fizer deles. Ela fabricará as circunstâncias necessárias, então abrirá as portas que tiver de abrir: eles passarão.

Ela anda ao redor da casa, um pouco depois do horário que programou para a visita, alegre.

Em que universo perdido Lol V. Stein aprendeu a vontade feroz, o método?

Chegar à casa de Tatiana no fim da tarde talvez lhe tivesse parecido preferível. Mas ela julgou que tinha que ser discreta e se conformou aos horários habituais das visitas na burguesia a que pertencem, Tatiana e ela;

Toca a campainha no portão. Vê, por assim dizer, o rosa de seu sangue em suas bochechas. Deve estar bastante bonita para que isso seja visível hoje. Hoje, de acordo com seus desejos, devemos ver Lol V. Stein.

Uma empregada saiu para o terraço, olhou para ela por um momento, desapareceu no interior da casa. Alguns segundos depois, Tatiana Karl, num vestido azul, chegou por sua vez ao terraço e olhou.

O terraço fica a uns cem metros do portão. Tatiana tenta reconhecer quem está chegando assim, inesperadamente. Não reconhece, dá ordem para abrirem. A empregada desaparece outra vez. O portão se abre com um clique elétrico que causa em Lol um sobressalto.

Ela está no interior do jardim. O portão volta a se fechar.

Ela avança pela aleia. Já está a meio caminho quando dois homens se juntam a Tatiana. Um desses homens é quem ela procura. Ele a vê pela primeira vez.

Ela sorri para o grupo e continua caminhando lentamente em direção ao terraço. Canteiros de flores descobrem-se no gramado, ao longo da aleia, hortênsias murcham à sombra das árvores. Aqueles canteiros já ganhando um tom violáceo são provavelmente seu único pensamento. As hortênsias, as hortênsias de Tatiana, ao mesmo tempo que Tatiana, agora, aquela que a qualquer momento vai gritar meu nome.

– Lola, é você, não estou enganada?

Ele olha para ela. Ela encontra nele o mesmo olhar interessado da rua. É mesmo Tatiana, eis sua voz, terna, terna de repente, com uma coloração antiga, sua voz triste de criança.

– Não, mas é Lol? Não estou enganada?

– É Lol – ela diz.

Tatiana desce correndo as escadas, vem até Lol, detém-se antes de alcançá-la, a olha com uma surpresa transbordante, mas um pouco selvagem, que vai do prazer ao desprazer, do medo ao apaziguamento; Lol, a intrusa, a menina do pátio da escola, Lol de T. Beach, aquele baile, aquele baile, a louca, será que ela ainda a amava? Sim.

Lol está em seus braços.

Os homens, do terraço, olham para as duas se beijando. Ouviram falar dela através de Tatiana Karl.

Elas estão muito perto do terraço. De um minuto a outro, a distância que as separa desse terraço será percorrida para sempre.

Antes que isso aconteça, o homem que Lol procura se vê de repente sob o fogo direto do olhar dela. Lol, com a cabeça sobre o ombro de Tatiana, o vê: ele cambaleou um pouco, desviou os olhos. Ela não estava enganada.

Tatiana não tem mais o cheiro da roupa de cama limpa dos dormitórios onde seu riso corria, à noite, em busca de ouvidos aos quais contar as peças que pretendia pregar no dia seguinte. O amanhã chegou. Vestida com uma pele dourada, Tatiana cheira a âmbar, agora, o presente, o único presente, que rodopia, rodopia na poeira e finalmente pousa com um grito, o doce grito de asas quebradas cuja rachadura só é perceptível a Lol V. Stein.

– Meu Deus! Faz dez anos que não te vejo, Lola.

– É mesmo, dez anos, Tatiana.

Enlaçadas, elas sobem os degraus da varanda. Tatiana apresenta a Lol Pierre Beugner, seu marido, e Jacques Hold, um de seus amigos; a distância foi percorrida – eu.

Com trinta e seis anos, sou médico por profissão. Faz apenas um ano que cheguei a S. Tahla. Estou no setor de Pierre Beugner no Hospital Departamental. Sou o amante de Tatiana Karl.

Assim que Lol entrou na casa, não olhou mais para mim uma vez sequer.

Falou de imediato a Tatiana sobre uma fotografia que encontrara ao acaso numa arrumação recente num quarto do sótão: ali estavam as duas, de mãos dadas no pátio da escola, de uniforme, aos quinze anos. Tatiana não se lembrava dessa fotografia. Quanto a mim, acreditei em sua existência. Tatiana pediu para vê-la. Lol prometeu.

– Tatiana nos contou de você – disse Pierre Beugner.

Tatiana não é falante, e naquele dia estava ainda menos do que o habitual. Ouvia cada palavra de Lol V. Stein, a quem incitava a falar de sua vida recente. Queria ao mesmo tempo que a conhecêssemos e também, por sua parte, saber um pouco mais como eram sua vida, seu marido, seus filhos, sua casa, o que fazia, como tinha sido seu passado. Lol falou pouco, mas com clareza e precisão suficientes para tranquilizar qualquer um sobre seu estado atual, mas não a ela, Tatiana. Tatiana se preocupava com Lol de um modo diferente dos outros: entristecia-a que ela tivesse recuperado a razão tão bem. Não devíamos nunca nos curar por completo da paixão. E, além disso, a de Lol tinha sido inefável, ela ainda admite, apesar das reservas que continua tendo sobre o papel que desempenhou na crise de Lol.

– Você fala da sua vida como se fosse um livro – disse Tatiana.

– De um ano para o outro – disse Lol, com um sorriso confuso –, não vejo nada diferente ao meu redor.

– Conte-me alguma coisa, sabe o que eu quero dizer, de quando éramos jovens – Tatiana implorou.

Lol tentou com todas as suas forças adivinhar o quê; em sua juventude, que detalhe teria permitido a Tatiana reencontrar um pouco daquela amizade tão viva que ela lhe dedicava no colégio. Não encontrou nada. Disse:

– Se você quer saber, acho que as pessoas estavam enganadas.

Tatiana não respondeu.

A conversa tornou-se mais trivial, ralentou-se, entorpeceu-se, porque Tatiana observava Lol, os menores sorrisos, os menores gestos, e só se ocupava disso. Pierre Beugner falou com Lol de S. Tahla, das mudanças ocorridas ali desde a juventude das duas mulheres. Lol sabia tudo sobre a ampliação de S. Tahla, a abertura de novas ruas, os planos de construção nos subúrbios, falou disso com uma voz calma, como falava de sua própria existência. Então o silêncio se instalou de novo. Conversaram sobre U. Bridge, conversaram.

Nada poderia fazer vislumbrar naquela mulher, mesmo que de maneira fugaz, o estranho luto de Lol V. Stein por Michael Richardson.

De sua loucura, destruída, arrasada, nada parecia subsistir, nenhum vestígio, à exceção de sua presença na casa de Tatiana Karl naquela tarde. A razão daquela presença coloria um horizonte linear e monótono, mas não muito, pois era plausível que ela tivesse ficado entediada e vindo para a casa de Tatiana. Tatiana se perguntava por quê, afinal de contas, por que ela estava ali. Era inevitável que ela não tivesse nada a dizer a Tatiana, nada a contar, de suas lembranças da escola ela parecia guardar uma memória muito insuficiente, perdida, e dos dez anos passados em U. Bridge fizera um relato em alguns minutos.

Eu era o único que sabia, por causa daquele olhar enorme e faminto que ela me dirigiu ao beijar Tatiana, que havia uma razão específica para sua presença ali. Como era possível? Eu não tinha certeza. Para me proporcionar um prazer ainda maior em recordar a precisão daquele olhar, eu continuava não tendo certeza. Era um olhar totalmente diferente das expressões que seu rosto tinha agora. Nada sobrava dele. Mas o desinteresse que ela agora me demostrava era grande demais para ser natural. Ela evitava me ver. Eu não lhe dirigia a palavra.

– Como foi que as pessoas se enganaram? – Tatiana finalmente perguntou.

Tensa, não gostando de ser questionada assim, ela deu esta resposta, lamentando desapontar Tatiana:

– Sobre as razões. Foi sobre as razões que se enganaram.

– Isso eu sabia – disse Tatiana. – Quer dizer... eu suspeitava... as coisas nunca são tão simples...

Pierre Beugner desviou mais uma vez o rumo da conversa, obviamente ele era o único de nós três que não suportava a expressão de Lol quando ela falava sobre sua juventude; voltou a lhe falar, a lhe falar sobre o quê?, sobre a beleza de seu jardim, ele havia passado ali em frente, que boa ideia aquela cerca-viva entre a casa e aquela rua tão movimentada.

Ela parecia farejar algo, suspeitar que havia entre Tatiana e mim algo mais do que uma relação de amizade.

Quando Tatiana abandona Lol um pouco, para de questioná-la, isso se vê ainda mais: na presença de seus amantes, Tatiana fica sempre sensibilizada pela memória sempre recente das tardes no Hôtel des Bois. Quando se desloca, levanta-se, ajeita o penteado, senta-se, seu movimento é carnal. Seu corpo de menina, seu flagelo, sua bendita calamidade, esse corpo grita, clama pelo paraíso perdido de sua unidade, clama incessantemente, doravante, que o consolem, só se sente inteiro numa cama de hotel.

Tatiana serve o chá. Lol a segue com os olhos. Olhamos para ela, Lol V. Stein e eu. Qualquer outro aspecto de Tatiana torna-se secundário: aos olhos de Lol e aos meus, ela é apenas a amante de Jacques Hold. Não escuto bem o que falam, agora num tom leve, sobre sua juventude, o cabelo de Tatiana. Lol diz:

– Ah! seu cabelo solto, à noite, o dormitório inteiro vinha ver, nós te ajudávamos.

Nunca há de se tratar do fato de Lol ser loura, nem de seus olhos, nunca.

Eu haveria de saber por quê, não importava como, por que eu.

Eis o que aconteceu. Enquanto Tatiana ajusta mais uma vez o penteado, eu me lembro de ontem – Lol olha para ela –, lembro-me da minha cabeça enterrada nos seios dela, ontem. Não sei se Lol viu, mas o tipo de olhar que dirige a Tatiana faz com que eu me lembre disso. O que pode acontecer com Tatiana quando ela se penteia, nua, no quarto do Hôtel des Bois, parece-me que já ignoro isso um pouco menos.

O que escondia aquela aparição silenciosa acerca de um amor tão grande, tão forte, dizia-se, a ponto de ela perder a razão? Eu estava em estado de alerta. Ela é suave, sorridente, fala de Tatiana Karl.

Quanto a Tatiana, ela não acreditava na única responsabilidade daquele baile sobre a loucura de Lol V. Stein, achava que remontava a um momento anterior, a um momento anterior de sua vida, antes de sua juventude, via-a em outro lugar. No colégio, ela dizia, faltava algo em Lol, ela já era estranhamente incompleta, vivera a juventude como numa solicitação do que viria a ser, mas não conseguia se tornar. No colégio, era um esplendor de ternura e indiferença, mudava de amigas, nunca lutava contra o tédio, nunca uma lágrima de menina. Quando correram os rumores do noivado de Lol V. Stein, Tatiana só acreditou em metade dessa informação: quem Lol teria podido descobrir capaz de reter sua atenção por completo? ou pelo menos uma parte suficiente dessa atenção para fazê-la se comprometer com o casamento? quem teria conquistado seu coração inacabado? será que Tatiana ainda acha que estava enganada?

Parece-me que Tatiana também me trouxe alguns relatos, muitos, também dos rumores que correram em S. Tahla na época do casamento de Lol V. Stein. Ela já estaria grávida de sua primeira filha? Não me lembro bem, essas palavras são um ruído distante neste momento, já não sei distingui-las das histórias de Tatiana. Neste momento, só eu, entre todos esses falsários, sei: nada sei. Essa foi minha primeira descoberta sobre ela: não saber nada sobre Lol já era conhecê-la. Era possível, parecia-me, saber ainda menos, cada vez menos, sobre Lol V. Stein.

O tempo passava. Lol permanecia ali, ainda feliz, sem convencer ninguém de que era para rever Tatiana.

– Você passa às vezes diante da minha casa? – pergunta Tatiana.

Lol diz que pode acontecer, ela passeia à tarde todos os dias, hoje veio voluntariamente, escreveu várias cartas à escola e depois aos pais dela após encontrar aquela fotografia.

Por que ela se demorava tanto ali?

Escurece.

À tardinha, Tatiana sempre ficava triste. Nunca se esquecia. Naquela tarde ela olhou novamente, por um instante, lá para fora: o estandarte branco dos amantes em sua primeira viagem ainda flutua sobre a cidade escura. A derrota deixa de ser o destino de Tatiana, ela se espalha, escorre sobre o universo. Tatiana diz que gostaria de ter feito uma viagem. Pergunta a Lol se ela compartilha desse desejo. Lol diz ainda não ter pensado a respeito.

– Talvez, mas para onde?
– Você vai encontrar – diz Tatiana.

Elas ficam surpresas por nunca terem se encontrado no centro de S. Tahla. Mas é verdade, diz Tatiana, que ela sai muito pouco, que nesta temporada vai com frequência para a casa dos pais. É mentira. Tatiana tem tempo livre. Eu ocupo todo o tempo livre de Tatiana.

Lol narra sua vida desde o casamento: a maternidade, as férias. Detalha – talvez pense que é isso que queremos saber – a grandiosidade da última casa em que morou, em U. Bridge, cômodo por cômodo, de forma demorada o suficiente para que o incômodo se instale de novo em Tatiana Karl e Pierre Beugner. Eu não perco uma palavra. Na verdade, ela fala do despovoamento de uma casa com sua chegada.

– O salão é tão grande que seria possível dançar ali. Eu nunca pude fazer nada, mobiliá-lo, nada era suficiente.

Continua descrevendo. Fala sobre U. Bridge. De repente, já não o faz mais para nos agradar e de forma ponderada, como deve ter prometido a si mesma que faria. Fala mais depressa, com a voz mais alta, o olhar se desviou de nós: diz que o mar não é longe da casa onde morava em U. Bridge. Tatiana se sobressalta: o mar fica a duas horas de U. Bridge. Mas Lol não percebe.

– Isso quer dizer que sem esses imóveis novos seria possível ver a praia do meu quarto.

Ela descreve esse quarto e o erro é deixado de lado. Volta para T. Beach, que não confunde com nenhum outro lugar, está presente de novo, de posse de suas faculdades.

– Um dia eu vou voltar, não há razão para não voltar.

Eu queria ver seus olhos em mim outra vez: digo:

– Por que não voltar este verão?

Ela olhou para mim, como eu desejava. Esse olhar que lhe escapou desviou o curso de seus pensamentos. Ela respondeu ao acaso:

– Talvez este ano. Eu gostava da praia – dirigindo-se a Tatiana –, você se lembra?

Seus olhos são aveludados como só os olhos escuros podem ser, mas os dela são de água parada e lama misturados, nada passa por eles no momento a não ser uma suavidade sonolenta.

– Você ainda tem esse seu rosto encantador – disse Tatiana.

Eis, num sorriso, uma zombaria muito alegre, inapropriada, ao que me parece. Tatiana reconhece algo, de repente.

– Ah! – ela diz –, você zombava desse jeito também quando te dizíamos isso.

Talvez ela tivesse adormecido por um longo instante.

– Eu não estava zombando. Você acreditava nisso. Você sim é tão bonita, Tatiana, ah, como eu me lembro.

Tatiana se levantou para beijar Lol. Outra mulher deu lugar a esta, imprevisível, deslocada, irreconhecível. De quem ela zombava, se estava zombando de alguém?

Eu tinha que conhecê-la, porque ela queria que isso acontecesse. Está corada para mim, seu sorriso, sua zombaria, tudo isso é para mim. Faz calor, de repente sufocamos na sala de Tatiana. Eu digo:

– Você também é bonita.

Com um gesto brusco da cabeça, como se eu a tivesse esbofeteado, ela se vira para mim.

– Vocês acham?

– Sim – diz Pierre Beugner.

Ela ri de novo.

– Que ideia!

Tatiana fica séria. Observa sua amiga com fervor. Percebo que ela tem quase certeza de que Lol não está totalmente curada. Sente-se profundamente tranquilizada por isso, eu sei; essa sobrevivência, ainda que tênue, da loucura de Lol põe em xeque a horrível fugacidade das coisas, retarda um pouco a fuga insensata dos verões passados.

– Sua voz mudou – diz Tatiana –, mas o seu riso, eu o teria reconhecido atrás de uma porta de ferro.

Lol diz:

– Não se preocupe, não precisa se preocupar, Tatiana.

Os olhos baixos, ela esperava. Ninguém lhe respondia. Havia sido a mim que se dirigira.

Ela se inclinou para Tatiana, curiosa, achando graça.

– Como ela era antes? Não me lembro muito bem.

– Um pouco impetuosa. Você falava depressa. Tínhamos dificuldade para entender.

Lol se põe a rir para valer.

– Eu era surda – ela diz –, mas ninguém sabia, eu tinha voz de surda.

Às quintas-feiras, Tatiana conta, as duas se recusavam a sair enfileiradas com a escola, dançavam no pátio vazio – vamos dançar, Tatiana? –, uma vitrola num prédio vizinho, sempre a mesma, tocava antigas músicas de dança – um programa nostálgico que elas aguardavam depois que as supervisoras tinham ido embora, sozinhas no imenso pátio da escola onde se ouvia, naquele dia, o ruído das ruas. Vamos, Tatiana, vamos dançar, às vezes exasperadas, elas brincam, gritam, brincam de assustar uma à outra.

Nós a olhávamos enquanto ela escutava Tatiana e parecia me chamar para ser testemunha desse passado. É isso mesmo? Era assim como ela está dizendo?

– Tatiana nos falou dessas quintas-feiras – diz Pierre Beugner.

Como todos os dias, Tatiana deixou a meia-luz do crepúsculo se instalar, e eu posso olhar Lol V. Stein por muito tempo, tempo suficiente, antes que ela vá embora, para nunca mais esquecê-la.

Quando Tatiana acendeu a luz, Lol se levantou com relutância. Para qual domicílio ilusório ela iria? Eu ainda não sabia.

Uma vez de pé, prestes a ir embora, ela diz por fim o que tinha a dizer: gostaria de ver Tatiana de novo.

– Quero te ver de novo, Tatiana.

Então, o que deveria parecer natural parece falso. Eu abaixo os olhos. Tatiana, que está tentando encontrar meu olhar, perde-o como uma moeda caída. Por que

Lol, que parece prescindir de todo mundo, quer me ver de novo, a mim, Tatiana? Saio para a escada lá fora. A noite ainda não chegou, percebo – está longe disso. Ouço Tatiana perguntar:

– Por que você quer me ver de novo? Essa fotografia te fez querer me ver de novo a esse ponto? Estou intrigada.

Viro-me: Lol V. Stein se desconcerta, procura-me com os olhos, passa da mentira à sinceridade, detendo-se corajosamente na mentira.

– Tem essa foto – ela acrescenta –, também tem o que eu deveria conhecer do mundo, hoje em dia.

Tatiana ri.

– Isso não combina com você, Lola.

Descubro que a naturalidade do riso de Lol é incomparável quando ela mente. Ela diz:

– Veremos, veremos aonde isso nos leva, eu me sinto tão bem com você.

– Veremos – diz Tatiana, alegremente.

– Você sabe que pode deixar de me ver, eu entendo.

– Eu sei – diz Tatiana.

Uma companhia teatral passava em turnê por S. Tahla naquela semana. Não era uma oportunidade de se verem? Iriam em seguida para sua casa, Tatiana finalmente conheceria Jean Bedford. Pierre Beugner e Jacques Hold não poderiam vir também?

Tatiana hesitou, depois disse que viria, que renunciava aos seus planos de ir para o mar. Pierre Beugner estava livre. Vou tentar cancelar um jantar, eu digo. Naquela mesma noite, deveríamos nos encontrar no Hôtel des Bois, Tatiana e eu.

Tatiana havia se tornado minha mulher em S. Tahla, a beleza admirável da minha prostituição, eu não podia mais viver sem Tatiana.

No dia seguinte, telefonei para Tatiana e lhe disse que não iríamos à casa dos Bedford. Ela acreditou na minha sinceridade. Disse-me que era impossível para ela não aceitar, dessa primeira vez, o convite de Lol.

Jean Bedford retirou-se para o quarto. Tem um concerto amanhã. Faz exercícios de violino.

Estamos, a esta hora da noite, por volta das onze e meia, na sala de brinquedos das crianças. O cômodo é grande e está vazio. Há uma mesa de bilhar. Os brinquedos das crianças estão num canto, guardados em baús. A mesa de bilhar é muito velha, já devia estar na casa dos Stein antes de Lol nascer.

Pierre Beugner marca pontos. Olho para ele. Disse-me, ao sair do teatro, que tínhamos que deixar Tatiana e Lol V. Stein sozinhas por um tempo, antes de nos juntarmos a elas. Era provável, acrescentou, que Lol tivesse uma confidência importante a fazer a Tatiana, sua insistência em querer vê-la mais uma vez provava isso.

Contorno a mesa de bilhar. As janelas estão abertas para o jardim. Uma porta ampla que se abre para um gramado também. A sala é contígua ao quarto de Jean Bedford. Lol e Tatiana podem, como nós, ouvir o violino, mas menos forte. Um vestíbulo as separa desses dois cômodos onde estão os homens. Também devem ouvir o ruído abafado das bolas de bilhar se entrechocando. Os exercícios de corda dupla que faz Jean Bedford são muito agudos. Seu frenesi monótono é extremamente musical, o canto do próprio instrumento.

Faz bom tempo. Apesar disso, Lol fechou os janelões da sala de estar, ao contrário do que é seu hábito. Quando chegamos diante dessa casa obscura, de janelas abertas, ela disse a Tatiana, que estava surpresa, que fazia isso naquela época do ano. Esta noite não. Por quê? Sem dúvida Tatiana perguntou. É Tatiana que precisa abrir o coração para Lol – esse coração de que nunca falamos quando estamos juntos –, e não Lol, disso eu sei.

Lol mostrou seus três filhos adormecidos para Tatiana. Ouvimos suas risadas contidas ecoarem no andar de cima. E então elas voltaram para a sala de estar no andar de baixo. Já estávamos jogando bilhar. Não sei se Lol ficou surpresa por não nos ver. Ouvimos os três janelões sendo fechados.

Ela, do outro lado do vestíbulo, e eu, aqui nesta sala de jogos onde ando, nós esperamos nos ver novamente.

A peça foi divertida. Elas riram. Por três vezes Lol e eu rimos sozinhos. No intervalo, num aparte bem curto, entendi, ao passar perto deles, que Tatiana e Jean Bedford falavam de Lol.

Saio da sala de bilhar. Pierre Beugner nem nota. Não costumamos ficar muito tempo juntos, geralmente por causa de Tatiana. Não acredito que Pierre ignore tudo como afirma Tatiana. Dou alguns passos ao redor da casa e eis-me atrás de um dos janelões laterais da sala de estar.

Lol está sentada em frente a essa janela. Ainda não me vê. A sala de estar é menor do que a sala de bilhar, mobiliada com poltronas díspares, um imenso armário envidraçado de madeira preta onde há livros e uma coleção de borboletas. As paredes são nuas, brancas. Tudo é de uma limpeza meticulosa e de uma ordem retilínea, a maior parte das poltronas está encostada nas paredes, a iluminação vem do teto, insuficiente.

Lol se levanta e oferece a Tatiana uma taça de xerez. Quanto a ela, ainda não bebe. Tatiana deve estar a ponto de fazer uma confidência a Lol. Fala, faz pausas, abaixa o olhar, diz alguma coisa, ainda não é isso. Lol se move, tenta desviar o golpe. Não quer ouvir as confidências de Tatiana, não liga para elas, parece até que iriam incomodá-la. Estamos em suas mãos? Por quê? Como? Não faço ideia.

Só vou me encontrar com Tatiana no Hôtel des Bois daqui a dois dias, depois de amanhã. Gostaria que fosse esta noite, depois dessa visita a Lol. Acho que esta noite meu desejo por Tatiana seria satisfeito para sempre, tarefa cumprida, por mais árdua que seja, por mais difícil, por mais longa e exaustiva que seja, então eu estaria diante de uma certeza.

Qual? Diria respeito a Lol, mas ignoro como, o significado que teria, que espaço físico ou mental de Lol haveria de se iluminar sob o efeito do meu desejo saciado por Tatiana, não procuro sabê-lo.

Nesse momento, Tatiana se levanta, diz algo com veemência. Então Lol primeiro se afasta e depois volta, aproxima-se outra vez de Tatiana e acaricia de leve seus cabelos.

Até o último minuto tentei arrastar Tatiana para o Hôtel des Bois quando era Lol que eu deveria rever. Não posso fazer isso com uma amiga, disse Tatiana, depois de uma ausência tão longa, desse passado, dessa fragilidade também, você percebeu? não posso não ir. Tatiana acreditou na minha sinceridade. Dentro em pouco, dentro em pouco, em apenas dois dias, possuirei Tatiana Karl inteira, por completo, até o seu fim.

Lol ainda está acariciando o cabelo de Tatiana. Primeiro olha-a intensamente, depois seu olhar se ausenta, ela a acaricia às cegas, como quem busca um reconhecimento. Então é Tatiana quem recua. Lol ergue os olhos e vejo seus lábios pronunciarem Tatiana Karl. Ela tem um olhar opaco e suave. Esse olhar, que era para Tatiana, cai sobre mim: ela nota que estou atrás da janela. Não demonstra emoção alguma. Tatiana não percebe nada. Lol dá alguns passos em direção a Tatiana, volta, abraça-a de leve e, sem dar a impressão de fazê-lo, a conduz até a porta envidraçada que dá para o jardim. Abre-a. Eu entendi. Aproximo-me, rente à parede. Pronto. Fico parado na quina da casa. Assim, posso ouvi-las. De repente, eis suas vozes entrelaçadas, ternas, na diluição noturna, de uma feminilidade igualmente presente em mim. Ouço-as. Isso é o que Lol queria. É ela quem fala:

– Olhe para todas essas árvores, essas lindas árvores que temos, como está agradável.

– O que foi o mais difícil, Lola? – Tatiana pergunta.

– Os horários regulares. Para as crianças, as refeições, o sono.

Tatiana se lamenta num longo e cansado suspiro.

– Na minha casa ainda há uma desordem absoluta. Meu marido é rico, não tenho filhos, o que você espera... o que você espera...

Lol, no mesmo movimento de agora há pouco, traz Tatiana de volta ao centro da sala. Volto para a janela, de onde as vejo. Ouço-as e as vejo. Ela lhe oferece uma poltrona de tal maneira que fique de costas para o jardim. Senta-se em frente a ela. Todo o leque das janelas está sob seu olhar. Se ela quiser olhar, pode. Não faz isso nem uma única vez.

– Você gostaria de mudar, Tatiana?

Tatiana dá de ombros e não responde, pelo menos não ouço nada.

– Você está errada. Não mude, Tatiana, ah, não, não.

É Tatiana:

– Eu tinha a escolha, no começo: viver como vivíamos quando éramos jovens, na ideia geral da vida, você se lembra, ou então me instalar numa existência muito precisa, assim como você. Entende o que quero dizer, me desculpe, mas você entende.

Lol escuta. Não esqueceu minha presença, mas está realmente compartilhada entre nós dois. Ela diz:

– Não pude escolher a minha vida. Era melhor assim no que me dizia respeito, as pessoas afirmavam; o que eu teria feito? Mas agora não imagino nenhuma outra vida que pudesse ter em vez desta. Estou muito feliz esta noite, Tatiana.

Desta vez é Tatiana quem se levanta e abraça Lol. Posso vê-las bem. Lol oferece uma resistência muito leve a Tatiana, que deve, contudo, atribuí-la ao pudor de Lol. Não se incomoda com isso. Lol escapa, vai para o meio da sala. Eu me escondo atrás da parede. Quando olho de novo, elas retomaram seus lugares nas poltronas.

– Ouça Jean. Às vezes ele toca até quatro horas da manhã. Esqueceu-se completamente de nós.

– Você sempre ouve?

– Quase sempre. Sobretudo quando eu

Tatiana espera. O resto da frase não virá. Tatiana continua:

– E para o futuro, Lol? Você não imagina nada? Nada um pouco diferente? – com que ternura Tatiana falou.

Lol pegou uma taça de xerez, bebe em pequenos goles. Reflete.

– Ainda não sei – diz, finalmente. – Penso no amanhã, e não nos dias mais distantes. A casa é tão grande. Sempre tenho algo novo a fazer. Dificilmente tenho como evitar. Ah, eu me refiro às tarefas domésticas, você sabe, coisas a fazer, compras.

Tatiana ri.

– Você não pode estar falando sério – ela diz.

Ela se levanta outra vez e anda pela sala, um pouco impaciente. Lol não se move. Eu me escondo. Não vejo mais nada. Ela deve ter voltado para o seu lugar, agora. Sim.

– Que compras? – Tatiana pergunta, bruscamente.

Lol ergue a cabeça, em pânico? Talvez eu apareça na sala e faça com que Tatiana se cale. Lol diz imediatamente, em tom culpado:

– Ah! Pratos que nunca consigo repor, por exemplo. Sim, a gente espera que ao menos numa loja de subúrbio vá encontrar.

– Jean Bedford me falou de uma compra que você fez nos subúrbios semana passada, tão longe, tão tarde... minha nossa! Diga-me, é verdade, Lola?

– Ele conseguiu te contar em tão pouco tempo?

Vou de uma janela a outra, para ver ou ouvir melhor. A voz de Lol não está mais inquieta. Ela mal se virou para Tatiana. O que ela vai dizer não a interessa. Parece estar atenta, escutando algo que Tatiana não escuta: minhas idas e vindas junto às paredes.

– Tudo aconteceu naturalmente. Estávamos falando de você, da sua vida, da sua ordem, com a qual ele parece estar sofrendo um pouco. Você sabia?

– Ele nunca me disse nada a esse respeito, já não me lembro – Lol acrescenta –, parece-me que ele fica feliz quando eu saio – Lol acrescenta, ainda: – Ouça a música e como eles jogam lá, na mesa de bilhar. Também se esqueceram de nós. Recebemos pouca gente, sobretudo tão tarde. Como eu gosto disso, sabe?

– Você queria comprar uns arbustos, não é isso? plantas para uma cerca-viva? – Tatiana pergunta, um pouco naturalmente demais dessa vez.

– Um amigo de Jean me disse que nesta região às vezes conseguimos plantar romãzeiras. Então, comecei a procurar.

– Uma chance em mil de encontrar, Lol.

– Não – diz Lol, sentenciosamente –, nenhuma chance.

Essa mentira não incomoda Tatiana, pelo contrário. Lol V. Stein mente. Prudente, tomando desta vez precauções para variar o modo de abordá-la, Tatiana se aventura em outra região, mais longe.

– Éramos mesmo tão boas amigas naquele colégio? Como estamos, nessa foto?

Lol assume um ar desolado.

– Eu a perdi de novo – ela diz.

Tatiana agora sabe: Lol V. Stein também mente para Tatiana Karl. A mentira é brutal, incompreensível, de uma obscuridade insondável. Lol sorri para Tatiana. Parece que Tatiana entrega os pontos, vai desistir.

– Já não sei se éramos boas amigas – diz Lol.

– No colégio – diz Tatiana. – O colégio, você não lembra?

Tatiana olha fixamente para Lol: será que ela vai rejeitá-la para sempre ou, pelo contrário, vai revê-la, revê-la outra vez com paixão? Lol continua lhe sorrindo, indiferente. É comigo que ela se encontra, atrás da janela? ou está em outro lugar?

– Não me lembro – diz ela. – De nenhuma amizade. De nada disso.

Ela parece compreender que deveria ter cuidado, parece ter certo medo do que vai acontecer. Eu a vejo, seus olhos procuram os meus. Tatiana nada viu, ainda. Ela diz, mente por sua vez, tenta:

– Não sei se vou voltar a te ver com a frequência que você parece desejar.

Lol se torna suplicante.

– Ah – diz ela –, você vai ver, você vai ver, Tatiana, vai se acostumar comigo.

– Eu tenho amantes – diz Tatiana. – Meus amantes ocupam meu tempo livre completamente. Quero que seja assim.

Lol se senta. Uma tristeza desanimada pode ser lida em seus olhos.

– Essas palavras – ela diz, baixinho –, eu não sabia que você as usava, Tatiana.

Levanta-se. Afasta-se de Tatiana na ponta dos pés, como se tivesse que tomar cuidado com o sono de uma criança ali perto. Tatiana a segue, um pouco arrependida ante o que acredita ser o aumento da tristeza de Lol. Estão junto à janela, bem perto de mim:

– O que você acha desse amigo que temos, Jacques Hold?

Lol se vira para o jardim. Sua voz se eleva, inexpressiva, recitativa.

– O melhor de todos os homens morreu para mim. Não tenho opinião.

Elas se calam. Eu as vejo de costas, emolduradas pelas cortinas da porta envidraçada. Tatiana sussurra:

– Depois de tantos anos eu queria te perguntar se...

Não ouço o resto da frase de Tatiana porque vou até os degraus da varanda onde Lol está de pé agora, de costas para o jardim. A voz de Lol é sempre clara, vibrante. Ela quer fugir da confidência, torná-la pública.

– Não sei – diz –, não sei se ainda penso nisso.

Ela se vira, sorri e diz, quase que sem pausa alguma:

– Aqui está o sr. Jacques Hold. Não estava jogando bilhar?

– Venho de lá.

Vou até a luz. Tudo parece natural a Tatiana.

– Parece estar com frio – ela me diz.

Lol nos faz entrar. Serve-me *cherry*, que bebo. Tatiana está pensativa. Estará incomodada, levemente, porque eu vim cedo demais? Não, ela pensa demais em Lol para estar assim. Lol, mãos nos joelhos, corpo inclinado para a frente, numa pose familiar, se dirige a ela:

– Do amor – ela diz – eu me lembro.

Tatiana olha para o nada.

– Aquele baile! ah! Lol, aquele baile!

Sem mudar de pose, Lol encara o mesmo vazio que Tatiana.

– Como? – ela pergunta. – Como você sabe?

Tatiana tem um momento de dúvida. Finalmente exclama.

– Mas Lol, eu estava lá a noite toda, ao seu lado.

Lol não se surpreende, nem tenta se lembrar, é inútil.

– Ah! era você – ela diz. – Eu tinha esquecido.

Será que Tatiana acredita nela? Hesita, espia Lol, ofegante, suas suspeitas confirmadas para além de suas esperanças. Lol então pergunta, com uma curiosidade exausta, emigrante centenária de sua juventude:

– Eu sofria? diga-me, Tatiana, nunca fiquei sabendo.

Tatiana diz:

– Não.

Ela acena com a cabeça por um longo tempo.

– Não. Sou sua única testemunha. Posso assegurar: não. Você sorria para eles. Não sofria.

Lol enfia seus dedos nas bochechas. No baile, como que numa emboscada, as duas me esquecem.

– Lembro-me – diz ela –, tinha que sorrir.

Ando ao redor delas na sala. Calam-se.

Eu saio. Vou buscar Pierre no salão de bilhar.
- Elas estão esperando por nós.
- Procurei por você.
- Eu estava no jardim. Venha agora.
- Você acha?
- Acho que para elas tanto faz falar na nossa frente. Talvez até prefiram.

Entramos na sala de estar. Elas ainda estão caladas.
- Não vai chamar Jean Bedford?

Lol se levanta, penetra no vestíbulo, fecha uma porta - o som do violino desaparece bruscamente.
- Ele prefere ficar distante de nós esta noite.

Ela nos serve *cherry*, toma mais um pouco. Pierre Beugner bebe de um só gole, o silêncio o assusta, ele o tolera mal.
- Estou à disposição de Tatiana para ir embora - diz ele -, quando ela quiser.
- Ah! não - suplica Lol.

Estou de pé, estou rondando a sala, meus olhos nela. A coisa toda deveria ser óbvia. Mas Tatiana está mergulhada no baile de T. Beach. Não quer ir embora, não respondeu ao marido. Aquele baile também foi o de Tatiana. Ela revê, ignorando o que está ao seu redor, uma pessoa presente.

— Jean gosta cada vez mais de música — diz Lol. — Às vezes toca até de manhã. Isso acontece cada vez com mais frequência.

— Ele é um homem de quem as pessoas falam, falam de seus concertos — diz Pierre Beugner. — É raro haver um jantar ou uma festa em que não falem dele.

— É quase verdade — eu digo.

Lol fala para segurá-los, para me segurar, descobre como facilitar as coisas para mim. Tatiana não escuta.

— Você, Tatiana, você fala dele — diz Pierre Beugner — porque ele se casou com Lol.

Lol se senta na beirada da poltrona, pronta para se levantar se alguém fizer o gesto de ir embora. Diz:

— Jean se casou em condições pitorescas. É sem dúvida também por isso que as pessoas falam dele, lembram-se do nosso casamento.

É a Tatiana, então, que pergunto:

— Como era Michael Richardson?

Elas não se surpreendem, olham-se sem parar, sem parar, concluem que é impossível contar, fazer um relato daqueles momentos, daquela noite cuja real espessura só elas conhecem, da qual viram cair as horas, uma a uma, até a última, em que o amor já havia mudado de mãos, de nome, de equívoco.

— Ele nunca mais voltou, nunca – diz Tatiana. – Que noite!

— Não voltou?

— Não possui mais nada em T. Beach. Seus pais morreram. Ele também vendeu sua herança, tudo isso sem jamais voltar.

— Eu sabia – disse Lol.

Elas conversam entre si. O violino continua. Sem dúvida, Jean Bedford também toca para não estar conosco esta noite.

— Talvez ele esteja morto?

— Talvez. Você o amava como à própria vida.

Lol faz um leve beicinho indeciso.

— A polícia, por que foi que ela veio?

Tatiana olha para nós, um tanto confusa, assustada: ela não sabia disso.

— Não, sua mãe mencionou isso, mas a polícia não apareceu.

Ela reflete. E é aí então que a escuridão volta. Volta só ao baile, porém, não ainda a outros lugares.

— Mas achei que ela havia aparecido. Ele tinha mesmo que ir embora?

— Quando?

— Pela manhã?

Foi em S. Tahla que Lol viveu toda a sua juventude, aqui, seu pai era de origem alemã, professor de história na Universidade, sua mãe era de S. Tahla, Lol tem um irmão nove anos mais velho que mora em Paris, ela não fala desse único parente, Lol conheceu o homem de T. Beach durante as férias escolares de verão, certa manhã, nas quadras de tênis, ele tinha 25 anos, filho único de grandes proprietários de terras da região, sem emprego, culto, brilhante, muito brilhante, de humor sombrio, assim que o viu Lol passou a amar Michael Richardson.

– Já que havia se transformado, ele tinha que ir embora.

– A mulher – diz Tatiana – era Anne-Marie Stretter, uma francesa, esposa do cônsul da França em Calcutá.

– Ela morreu?

– Não. Está velha.

– Como você sabe?

– Às vezes eu a vejo, no verão, ela passa alguns dias em T. Beach. Acabou. Ela nunca deixou o marido. Deve ter durado muito pouco entre eles, alguns meses.

– Alguns meses – continua Lol.

Tatiana segura as mãos dela, abaixa a voz.

– Ouça, Lol, ouça-me. Por que você diz coisas que não são verdade. Faz isso de propósito?

– Ao meu redor – recomeça Lol – as pessoas se enganaram sobre os motivos.

– Responda-me.
– Eu menti.
Pergunto:
– Quando?
– O tempo todo.
– Quando você gritava?

Lol não tenta recuar, entrega-se a Tatiana. Não nos movemos, não fazemos nenhum gesto, elas nos esqueceram.

– Não. Não naquele momento.
– Você queria que eles ficassem?
– O que isso quer dizer? – pergunta Lol.
– O que você queria?

Lol se cala. Ninguém insiste. Então ela me responde.
– Vê-los.

Vou para os degraus da varanda. Estou esperando por ela. Desde o primeiro minuto, quando elas se beijaram em frente ao terraço, estou esperando por Lol V. Stein. É o que ela quer. Esta noite, ao nos segurar ali, está brincando com esse fogo; essa expectativa, ela a altera sem cessar, parece que ainda espera em T. Beach pelo que vai acontecer aqui. Estou enganado. Aonde vamos com ela? Podemos estar enganados o tempo todo, mas eis que não, paro: ela quer ver chegar, junto comigo, avançar sobre nós, engolir-nos, a escuridão de amanhã, que será a da noite de T. Beach.

Ela é a noite de T. Beach. Mais tarde, quando eu beijar sua boca, a porta vai abrir, vou entrar. Pierre Beugner escuta, não fala mais em ir embora, seu incômodo desapareceu.

– Ele era mais novo do que ela – diz Tatiana –, mas no fim da noite eles pareciam ter a mesma idade. Tínhamos todos uma idade enorme, incalculável. Você era a mais velha.

A cada vez que alguém fala, uma comporta se abre. Sei que a última nunca vai chegar.

– Você notou, Tatiana, que enquanto dançavam eles disseram alguma coisa um para o outro, no final?

– Notei, mas não ouvi.

– Eu ouvi: talvez ela vá morrer.

– Não. Você ficou o tempo todo ali onde estava, perto de mim, atrás das plantas verdes, ao fundo, não poderia ter ouvido.

Lol retorna. Aqui está ela, de súbito indiferente, distraída.

– Então essa mulher acariciando minha mão era você, Tatiana.

– Era eu.

– Ah! ninguém, ninguém tinha pensado nisso!

Entro. Ambas se lembram que não deixei de ouvir uma única palavra.

– Quando começou a clarear, ele procurou por você com os olhos sem te encontrar. Você sabia disso?

Lol não sabia de nada.

Aproximar-se de Lol é algo que não existe. Não podemos nos aproximar ou nos afastar dela. É preciso esperar que ela venha nos buscar, que ela queira. Ela quer, eu entendo claramente, ser encontrada por mim e vista por mim num determinado espaço que organiza neste momento. Qual? Será ele habitado pelos fantasmas de T. Beach, de que a única sobrevivente é Tatiana, cheio de fingimentos, de vinte mulheres chamadas Lol? Será diferente? Mais tarde serei apresentado a Lol por Lol. Como ela vai me levar para perto de si?

– Faz dez anos que acho que só três pessoas permaneceram, eles e eu.

Volto a perguntar:

– O que você queria?

Com a mesma exata hesitação, o mesmo intervalo de silêncio, ela responde:

– Vê-los.

Eu vejo tudo. Vejo o próprio amor. Os olhos de Lol são apunhalados pela luz: em torno deles, um círculo preto. Eu vejo tanto a luz quanto o escuro ao redor. Ela continua avançando em minha direção, no mesmo ritmo. Não pode avançar mais depressa nem diminuir o passo.

A menor mudança em seu movimento haveria de me parecer uma catástrofe, o fracasso definitivo da nossa história: ninguém compareceria ao encontro marcado.

Mas o que ignoro acerca de mim mesmo a esse ponto e que ela me intima a conhecer? quem estará naquele momento junto com ela?

Ela vem. Continua vindo, mesmo na presença dos outros. Ninguém a vê avançar.

Ainda fala sobre Michael Richardson, eles finalmente entenderam, tentavam ir embora do baile, errando o caminho, dirigindo-se a portas imaginárias.

Quando ela fala, quando se move, olha ou se distrai, tenho a sensação de ter diante dos olhos uma maneira pessoal e capital de mentir, um imenso campo de mentiras, mas com limites estritos. Para nós, essa mulher mente sobre T. Beach, sobre S. Tahla, sobre aquela noite; para mim, para nós, ela mentirá mais tarde sobre nosso encontro, prevejo; ela mente sobre si mesma também, mente para nós porque o divórcio em que nos encontramos, ela e nós, foi só ela quem o pronunciou – mas em silêncio – num sonho tão intenso que lhe escapou e ela não sabe que chegou a tê-lo.

Desejo como um morto de sede beber o leite nebuloso e insípido da palavra que sai de Lol V. Stein, fazer parte da mentira que ela conta. Que ela me leve embora, que a aventura finalmente seja diferente a partir de agora, que ela me esmague junto com o resto, serei servil, que a esperança seja de ser esmagado junto com o resto, de ser servil.

Um longo silêncio se instala. A crescente atenção que prestamos em nós mesmos é a causa disso. Ninguém se dá conta, ninguém ainda, ninguém? terei certeza?

Lol vai em direção aos degraus, devagar, volta pelo mesmo caminho.

Vendo-a, penso que talvez me baste isso, vê-la, e que tudo haveria de se fazer assim, que será inútil ir mais longe nas atitudes, no que vamos nos dizer. Minhas mãos se tornam a armadilha para imobilizá-la, impedi-la de ir e vir de um lado a outro do tempo, sempre.

– É tão tarde e Pierre se levanta tão cedo – diz finalmente Tatiana.

Ela achou que a saída de Lol era um convite a ir embora.

– Ah, não – diz Lol. – Quando fechei a porta do escritório de Jean ele nem percebeu, não, por favor, Tatiana.

– Você diria a ele que pedimos desculpas – diz Tatiana.
– Não é grave.

Está feito, a progressão me escapou, eu olhava para Lol: o olhar de Tatiana está duro agora. As coisas não acontecem do jeito como ela teria desejado. Acabou de descobrir: Lol não diz tudo. E não há, ali na sala, entre uma e outra, uma espécie de circulação subterrânea, um cheiro desse veneno que ela teme mais do que qualquer outro, em sua presença, um acordo do qual está excluída?

– Tem alguma coisa acontecendo nesta casa, Lol – diz ela, tentando sorrir. – Ou é uma impressão? Será que você estaria esperando por alguém que teme, a esta hora da noite? Por que está nos segurando assim?

– Alguém que viria para vê-la sozinha – diz Pierre Beugner. Ele ri.

– Ah! acho que não – diz Lol.

Ela zomba daquele jeito de que Tatiana não gosta mais. Não. Estou errado novamente. Tatiana não sabe de nada.

– Na verdade, se vocês quiserem ir para casa, podem ir. Eu gostaria que tivéssemos ficado juntos por mais um tempo esta noite.

– Você está escondendo alguma coisa, Lola – diz Tatiana.

– Mesmo que Lol contasse esse segredo – diz Pierre Beugner –, talvez não fosse o que ela acredita, a despeito de si mesma, seria diferente daquele...

Eu me ouço dizendo:

– Basta!

Tatiana fica calma, eu me engano de novo. Tatiana diz:

— É tão tarde, as coisas estão ficando embaçadas. Com licença. Diga-nos alguma coisa, Lol.

Lol V. Stein descansa um pouco, ao que parece, exausta de uma vitória que teria sido muito fácil. O que sei com certeza é o que está em jogo nessa vitória: o recuo da clareza. Para os outros, além de nós dois, naquele momento seus olhos estariam alegres demais.

Ela diz isso sem se dirigir a ninguém:

— É a felicidade.

Enrubesce. Ri. A palavra a diverte.

— Mas agora vocês podem ir embora — ela acrescenta.

— Você não pode dizer por quê? — Tatiana pergunta.

— Não ficaria claro, não seria útil.

Tatiana está batendo com o pé.

— Mesmo assim — diz Tatiana. — Uma palavra, Lol, sobre essa felicidade.

— Conheci uma pessoa esses dias — diz Lol. — A felicidade vem desse encontro.

Tatiana se levanta. Pierre Beugner se levanta, por sua vez. Aproximam-se de Lol.

— Ah! é isso, é isso — diz Tatiana.

Ela acaba de roçar no terror, não sei qual, e tem um sorriso convalescente. Chega quase a gritar.

— Cuide-se, Lol, ah! Lola.

Lol se levanta, por sua vez. Em frente a ela, atrás de Tatiana, Jacques Hold, eu. Ele estava errado, é o que pensa. Não é por ele que Lol V. Stein procura. Trata-se de um outro. Lol diz:

– Nada me incomoda na história da minha juventude. Mesmo se as coisas tivessem que recomeçar para mim, não me incomodariam.

– Tenha cuidado, tenha cuidado, Lol.

Tatiana se vira para Jacques Hold.

– Você vem?

Jacques Hold diz:

– Não.

Tatiana olha para os dois, um após o outro.

– Ora, ora – diz ela. – Você vai fazer companhia à felicidade de Lol V. Stein?

Ela retorna depois de acompanhar os Beugner. Chega, encosta-se devagar na porta envidraçada. Com o rosto voltado para baixo, as mãos atrás das costas, agarradas à cortina, fica ali. Vou cair. Uma fraqueza trepa pelo meu corpo, um nível sobe, o sangue afogado, o coração é de lodo, mole, entope, vai adormecer. Quem ela encontrou em meu lugar?

– Então, e esse encontro?

A pobre mulher está recurvada, magra, em seu vestido preto. Levanta a mão, me chama.

– Ah! Jacques Hold, eu tinha certeza de que você havia adivinhado.

Ela se ampara na brutalidade. Na confusão.

– Diga, assim mesmo, vamos lá.

– O quê?

– Quem é.

– É você, você, Jacques Hold. Eu o encontrei há sete dias, primeiro sozinho e depois com uma mulher. Eu o segui até o Hôtel des Bois.

Tive medo. Gostaria de voltar para junto de Tatiana, estar na rua.

– Por quê?

Ela solta a cortina, endireita-se, vem em minha direção.

– Escolhi você.

Ela chega, olha, nós nunca tínhamos estado tão próximos. Ela é branca, de uma brancura nua. Beija minha boca. Não lhe dou nada. Tive muito medo, ainda não consigo. Ela esperava essa impossibilidade. Estou na noite de T. Beach. Está feito. Lá, não damos nada a Lol V. Stein. Ela toma. Eu ainda tenho vontade de fugir.

– Mas o que você quer?

Ela não sabe.

– Eu quero – ela diz.

Fica em silêncio, olha para a minha boca. E então aqui estamos, olho no olho. Despótica, irresistivelmente, ela quer.

– Por quê?

Ela faz um sinal: não, diz meu nome.

– Jacques Hold.

Virgindade de Lol pronunciando esse nome! Quem notou a inconsistência da crença na pessoa que leva esse nome senão ela, Lol V. Stein, a assim chamada Lol V. Stein? Fulgurante descoberta daquele que os outros negligenciaram, que não reconheceram, que não era visto, inanidade compartilhada por todos os homens de S. Tahla, tão definidora de mim mesmo quanto o percurso do meu sangue. Ela me colheu, me levou para o ninho. Pela primeira vez meu nome pronunciado não nomeia.

– Lola Valérie Stein.
– Sim.

Através da transparência de seu ser incendiado, de sua natureza destruída, ela me acolhe com um sorriso. Sua escolha está isenta de qualquer preferência. Sou o homem de S. Tahla a quem ela decidiu seguir. Aqui estamos, unidos de modo inextricável. Nosso despovoamento cresce. Repetimos nossos nomes um para o outro.

Eu me aproximo desse corpo. Quero tocá-lo. Com as mãos primeiro e depois com os lábios.

Fiquei inábil. No instante em que minhas mãos pousam em Lol, a memória de um morto desconhecido regressa: servirá ao eterno Richardson, o homem de T. Beach, vamos nos misturar a ele, uma confusão, tudo será apenas um, não vamos mais reconhecer quem é quem, nem o que vem antes ou depois, ou durante, vamos nos perder de vista, de nome, vamos morrer assim por ter esquecido peça a peça, vez a vez, nome a nome, a morte. Caminhos se abrem. Sua boca se abre sobre a minha. Sua mão aberta pousada no meu braço prefigura um futuro multiforme e único, mão radiante e unida com falanges curvas, quebradas, de uma leveza de pluma e que tem, para mim, a novidade de uma flor.

Ela tem um corpo longilíneo e bonito, muito reto, enrijecido pela observação de um constante apagamento, de um alinhamento de certo modo aprendido na infância, o corpo de uma pensionista crescida. Mas sua doce humildade está inteira em seu rosto e no gesto de seus dedos quando tocam um objeto ou minha mão.

– Seus olhos às vezes são tão claros. Você é tão loura.

O cabelo de Lol tem o grão floral de suas mãos. Deslumbrada, ela diz que não estou enganado.

– É verdade.

Seu olhar brilha sob suas pálpebras muito baixas. É preciso se acostumar com a rarefação do ar ao redor desses pequenos planetas azuis sobre os quais o olhar pesa, aos quais se agarra, na perdição.

– Você saía de um cinema. Foi na quinta-feira passada. Lembra-se de como fazia calor? Você levava o casaco na mão.

Eu escuto. Entre as palavras o violino sempre se insinua, persiste em certas linhas, recomeça.

– Sem sequer pensar nisso, você não sabia o que fazer consigo mesmo. Saía daquele corredor escuro, daquele cinema aonde tinha ido sozinho passar o tempo. Naquele dia, tinha tempo. Uma vez no bulevar, olhou ao redor para as mulheres que passavam.

– Isso não é verdade!

– Ah! talvez – exclama Lol.

Sua voz mais uma vez se abaixou como sem dúvida em sua juventude, mas manteve sua ínfima lentidão. Ela se coloca por conta própria entre meus braços, os olhos fechados, esperando que outra coisa aconteça, a qual deve acontecer, e cuja celebração próxima seu corpo já expressava. Ei-la, dita em voz muito baixa:

– A mulher que veio para a praça de ônibus, depois, era Tatiana Karl.

Não respondo.

– Era ela. Você era um homem que ia chegar a ela mais cedo ou mais tarde. Eu sabia.

Suas pálpebras se cobrem com um fino orvalho de suor. Eu beijo os olhos fechados, sua mobilidade está sob meus lábios, os olhos escondidos. Solto-a. Deixo-a. Vou para o outro lado da sala. Ela fica onde está. Há algo que quero saber.

– Não é porque me pareço com Michael Richardson?

– Não, não é isso – diz Lol. – Você não se parece com ele. Não – ela arrasta as palavras. – Não sei o que é.

O violino para. Nós nos calamos. Ele recomeça.

– Seu quarto se iluminou e vi Tatiana passando pela luz. Ela estava nua sob seus cabelos pretos.

Ela não se move; os olhos no jardim, espera. Acabou de dizer que Tatiana está nua sob seus cabelos pretos. Essa frase ainda é a última que foi pronunciada. Ouço: "nua sob seus cabelos pretos, nua, nua, cabelos pretos". As duas últimas palavras, sobretudo, soam com uma intensidade uniforme e estranha. É verdade que Tatiana estava como Lol acabou de descrevê-la, nua sob seus cabelos pretos. Ela estava assim no quarto fechado, para seu amante. A intensidade da frase aumenta de repente, o ar se rompe em torno dela, a frase explode, estoura o significado. Ouço-a com uma força ensurdecedora e não a entendo, não entendo nem mesmo que ela não quer dizer nada.

Lol continua longe de mim, pregada no chão, ainda de frente para o jardim, sem pestanejar.

A nudez de Tatiana já nua cresce numa superexposição que a priva cada vez mais do menor sentido possível. O vazio é estátua. A base está aí: a frase. O vazio é Tatiana nua sob seus cabelos pretos, o fato. Transforma-se, pródigo; o fato não contém mais o fato, Tatiana sai de si, espalha-se pelas janelas abertas, pela cidade, pelas estradas, lama, líquido, maré de nudez. Ei-la, Tatiana Karl nua sob seus cabelos, de repente, entre Lol V. Stein e mim. A frase acabou de morrer, não ouço mais nada, tudo é silêncio, ela está morta aos pés de Lol, Tatiana está em seu lugar. Feito um cego, toco, não reconheço nada do que já toquei. Lol espera que eu reconheça não uma concordância com seu olhar, mas que eu não tenha mais medo de Tatiana. Não tenho mais medo. Somos dois, neste momento, vendo Tatiana nua sob seus cabelos pretos. Eu digo, às cegas:

– Uma puta admirável, Tatiana.

A cabeça se moveu. Lol tem um tom de voz que eu ainda não conhecia, queixoso e agudo. A besta separada da floresta dorme, sonha com o equador do nascimento, estremece, seu sonho solar chora.

– A melhor, a melhor de todas, não é mesmo?

Digo:

– A melhor.

Vou até Lol V. Stein. Beijo-a, lambo-a, cheiro-a, beijo seus dentes. Ela não se move. Tornou-se bela. Diz:

– Que coincidência extraordinária.

Não respondo. Deixo-a longe de mim mais uma vez, sozinha no meio da sala. Ela não parece se dar conta de que me afastei. Digo novamente:

– Vou deixar Tatiana Karl.

Ela se deixa deslizar para o chão, muda, faz uma pose de súplica infinita.

– Eu te suplico, eu te imploro: não faça isso.

Corro em sua direção, ergo-a. Outros poderiam se enganar. Seu rosto não expressa dor alguma, mas confiança.

– O quê?

– Eu te imploro.

– Diga o porquê.

Ela diz:

– Não quero.

Estamos trancados em algum lugar. Todos os ecos morrem. Começo a ver claramente, pouco a pouco, quase nada. Vejo paredes, lisas, que não oferecem aderência, não existiam antes, acabam de surgir ao nosso redor. Se alguém se oferecesse para me salvar, eu não entenderia. Minha própria ignorância está encerrada. Lol está na minha frente, implora de novo, de repente traduzi-la me aborrece.

– Não vou deixar Tatiana Karl.

– Sim. Você tem que vê-la novamente.

– Terça-feira.

O violino para. Ele se afasta, deixa atrás de si as crateras abertas da memória imediata. Estou chocado com as outras pessoas, à exceção de Lol.

– E você? Você? Quando?

Ela diz quarta-feira, o local, a hora.

Não vou para casa. Não há nada aberto na cidade. Então vou para a frente da mansão dos Beugner, depois entro pela porta do jardineiro. A janela de Tatiana está iluminada. Bato na janela. Ela está acostumada. Veste-se muito rapidamente. São três da manhã. Ela faz tudo muito suavemente, embora, tenho certeza, Pierre Beugner não ignore nada. Mas é ela que insiste em fingir que é segredo. Em S. Tahla, ela pensa que é considerada uma esposa fiel. Apega-se a essa reputação.

– Mas terça-feira? – ela pergunta.

– Terça-feira também.

Estacionei o carro longe do portão. Vamos ao Hôtel des Bois, todos os faróis apagados enquanto passamos diante da casa. No carro, Tatiana pergunta:

– Como Lol ficou depois que saímos?

– Razoável.

Quando fui à janela do quarto do Hôtel des Bois, onde esperava Tatiana Karl na terça-feira, à hora marcada, era fim do dia, e julguei ter visto a meio caminho entre o sopé da colina e o hotel um vulto cinzento – uma mulher cujo louro pálido através dos caules do centeio não me podia enganar –, experimentei, ainda que esperasse qualquer coisa, uma emoção muito violenta, cuja verdadeira natureza não compreendi de imediato, entre a dúvida e o terror, o horror e a alegria, a tentação de gritar alguma advertência, de socorrer, de rejeitar para sempre ou de me envolver para sempre, por toda Lol V. Stein, pelo amor. Sufoquei um grito, desejei a ajuda de Deus, saí correndo, refiz meus passos, andei em círculos no quarto, sozinho demais para amar ou não amar mais, sofrendo, sofrendo com a deplorável insuficiência do meu ser para conhecer aquele acontecimento.

Então a emoção se apaziguou um pouco, contraiu-se, fui capaz de contê-la. Esse momento coincidiu com aquele em que descobri que ela também devia poder me ver.

Minto. Não me afastei da janela, confirmando minhas suspeitas até as lágrimas.

De repente aquela imagem loura não era mais a mesma, moveu-se e depois se imobilizou. Achei que ela devia ter notado que eu descobrira sua presença.

Então nos olhamos, foi o que achei. Por quanto tempo?

Virei a cabeça, exausto, para a direita do campo de centeio, onde ela não estava. Daquele lado chegava Tatiana, de *tailleur* preto. Pagou o táxi e caminhou lentamente entre os amieiros.

Abriu a porta do quarto sem bater, suavemente. Pedi-lhe que me acompanhasse à janela por um momento. Tatiana veio. Mostrei-lhe a colina e o campo de centeio. Estava parado atrás dela. Assim, eu lhe mostrei Tatiana.

– Nós nunca olhamos. É muito bonito deste lado do hotel.

Tatiana não viu nada, voltou para o fundo do quarto.

– Não, essa paisagem é triste.

Ela me chamou.

– Não há nada para ver, venha.

Sem qualquer tipo de preliminar, Jacques Hold se juntou a Tatiana Karl.

Jacques Hold possuiu Tatiana Karl sem piedade. Ela não ofereceu resistência, não disse nada, não recusou nada, ficou maravilhada com tal possessão.

O prazer deles foi grande e compartilhado.

Aquele instante de esquecimento absoluto de Lol, aquele instante, aquele clarão diluído no tempo uniforme de sua espreita, sem que ela tivesse a menor esperança de percebê-lo, Lol queria que fosse vivenciado. E foi.

Agarrado a ela, Jacques Hold não conseguia se separar de Tatiana Karl. Falou-lhe. Tatiana Karl não tinha certeza do destino das palavras que lhe disse Jacques Hold. Sem dúvida alguma ela não acreditava que se dirigissem a ela, tampouco a outra mulher, ausente naquele dia, mas que expressavam a urgência de seu coração. Mas por que desta vez e não de outra? Tatiana buscava, na história deles, o porquê.

– Tatiana, você é minha vida, minha vida, Tatiana.

As divagações de seu amante, naquele dia, Tatiana ouvia-as em primeiro lugar ao sentir o prazer que adora, o prazer de ser, nos braços de um homem, uma mulher mal definida.

– Tatiana, eu te amo, eu te amo, Tatiana.

Tatiana assentiu, consoladora, com ternura maternal:

– Sim. Estou aqui. Ao seu lado.

Primeiro tomada pelo prazer ao ver a liberdade que se pode alcançar ao seu lado, depois, de súbito, desnorteada, no oriente pernicioso das palavras.

– Tatiana, minha irmã, Tatiana.

Ouvir isso, o que ele diria se ela não fosse Tatiana, ah! doces palavras.

– Como te dar ainda mais, Tatiana?

Já devia fazer uma hora que nós três estávamos ali, que ela nos vira aparecer sucessivamente na moldura da janela, aquele espelho que nada refletia e diante do qual ela deve ter sentido deliciosamente a exclusão de sua pessoa.

– Talvez, sem que saibamos... – disse Tatiana –, você e eu...

Finalmente era noite.

Jacques Hold recomeçou, cada vez com mais dificuldade para possuir Tatiana Karl. A certa altura, falava continuamente com uma outra que não via, que não ouvia e em cuja intimidade, estranhamente, ele parecia se encontrar.

E então chegou o momento em que Jacques Hold não tinha mais condições de voltar a possuir Tatiana Karl.

Tatiana Karl pensou que ele havia adormecido. Deixou-o nessa trégua, aconchegou-se junto a ele, que estava a mil léguas dali, em lugar nenhum, nos campos, e esperou que ele a tomasse mais uma vez. Inutilmente, porém. Enquanto acreditava que ele dormia, falou com ele:

– Ah, essas palavras, você deveria se calar, essas palavras, que perigo.

Tatiana Karl lamentava. Ela não era aquela que ele poderia ter amado. Mas não poderia ter sido, tanto quanto outra mulher? Ficou entendido desde o início que ela seria apenas a mulher de S. Tahla, nada mais, nada, que ela não acreditava que a mudança impressionante de Michael Richardson tivesse algo a ver com essa decisão. Mas que pena, de repente essas palavras sentimentais, perdidas?

Naquela noite, pela primeira vez desde o baile de T. Beach, disse Tatiana, ela reencontrou, sentiu na boca o sabor comum, o açúcar do coração.

Voltei para a janela, ela ainda estava lá, ali, naquele campo, sozinha naquele campo de uma forma que não podia testemunhar diante de ninguém. Descobri isso a seu respeito ao mesmo tempo que descobri meu amor, sua inviolável suficiência, gigante com mãos de criança.

Ele voltou para a cama, deitou-se ao lado de Tatiana Karl. Abraçaram-se no frescor da noite que começava. Pela janela aberta vinha o aroma do centeio. Ele disse isso a Tatiana.

– O aroma do centeio?

Ela sentia. Disse-lhe que era tarde e tinha que ir para casa. Marcou um encontro com ele três dias depois, temendo que ele recusasse. Ele, ao contrário, aceitou sem sequer verificar se estava livre naquele dia.

Da porta ela perguntou se ele poderia lhe dizer algo sobre seu estado.

– Quero ver você de novo – ele disse –, ver você de novo e de novo.

– Ah! você não deveria falar assim, não deveria.

Quando ela se foi, apaguei as luzes do quarto a fim de permitir que Lol fosse embora do campo e voltasse para a cidade sem correr o risco de me encontrar.

No dia seguinte, dou um jeito de me ausentar do hospital por uma hora, à tarde. Procuro por ela. Passo pelo cinema em frente ao qual ela me encontrou. Passo diante de sua casa: a sala está aberta, o carro de Jean Bedford não se encontra, é quinta-feira, ouço uma risada de menina pequena vinda do gramado para o qual dá a sala de bilhar, depois duas risadas que se entrelaçam, ela só tem filhas, três. Uma criada sai pela escada, jovem e muito bonita, de avental branco, toma um caminho que vai dar no gramado, repara em mim, parado na rua, sorri para mim, desaparece. Vou embora. Quero evitar ir em direção ao Hôtel des Bois, vou até lá, paro o carro, contorno o hotel a uma boa distância, passo pelo campo de centeio, o campo está vazio, ela só vem quando estamos aqui, Tatiana e eu. Vou embora. Dirijo devagar pelas ruas principais, ocorre-me que ela talvez esteja no bairro onde Tatiana mora. Está ali. Está no bulevar que margeia sua casa, a duzentos metros dela. Paro o carro e a sigo a pé. Ela vai até o final do bulevar. Anda bem depressa, seu andar é fácil, bonito. Ela me parece mais alta do que nas duas vezes que a vi. Usa seu casaco cinza, um chapéu preto sem aba. Vira à direita na direção que leva até sua casa, desaparece. Volto para o carro, exausto. Então ela continua seus passeios, e eu poderia, se não conseguir esperar por ela, encontrá-la. Ela andava bem depressa, às vezes desacelerava até parar, depois recomeçava. Era mais alta do que em sua casa, mais esbelta. Reconheci aquele casaco cinza, mas aquele chapéu preto sem aba não, ela não o estava usando no campo de centeio. Nunca vou abordá-la. Eu tampouco. Não vou lhe dizer: "Não pude esperar até tal dia, tal hora". Amanhã. Aos domingos ela sai? Ei-lo. É vasto e belo. Não estou de plantão no hospital. Um dia me separa dela. Procuro-a durante horas de carro, a pé. Ela não está em lugar nenhum. Sua casa está sempre do mesmo jeito, com as portas envidraçadas abertas. O carro de Jean Bedford continua não estando lá, nenhum riso de menina pequena. Às cinco horas, vou tomar chá com os Beugner. Tatiana me lembra do convite de Lol para depois de amanhã, segunda-feira. Convite inepto. Parece que ela quer fazer como as outras, diz Tatiana, adequar-se. À noite, neste domingo à noite, volto mais uma vez até a frente de sua casa. Casa de portas envidraçadas abertas. O violino de Jean Bedford. Ela está ali, está ali na sala, sentada. Seu penteado está desfeito. Ao seu redor circulam três menininhas, ocupadas fazendo não sei o quê. Ela não se move, ausente, não fala com as crianças, as crianças também não lhe dirigem a palavra. Uma a uma – fico ali bastante tempo –, as menininhas a beijam e vão embora. Janelas se acendem no andar de cima. Ela permanece na sala, na mesma posição. De repente, eis que sorri para si mesma. Não a chamo. Ela se levanta, apaga a luz, desaparece. É amanhã.

É um salão de chá perto da estação de Green Town. Green Town fica a menos de uma hora de distância de ônibus de S. Tahla. Foi ela quem escolheu esse lugar, esse salão de chá.

Ela já estava ali quando cheguei. Ainda não havia muita gente, ainda é cedo. Eu a vi imediatamente, sozinha, cercada por mesas vazias. Ela sorriu para mim do fundo do salão de chá, com um sorriso charmoso, convencional, diferente do que eu conhecia nela.

Cumprimentou-me quase que educadamente, com gentileza. Mas quando ergueu os olhos vi uma alegria bárbara, louca, que devia estar deixando todo o seu ser num estado febril: a alegria de estar ali, diante dele, diante do segredo que ele implica, que ela jamais há de lhe revelar, ele sabe.

– Como te procurei, como andei pelas ruas.

– Eu costumo passear – ela diz –, esqueci de te dizer? por muito tempo, todos os dias.

– Você disse a Tatiana.

Mais uma vez acho que poderia parar por aí, ater-me a isso, simplesmente tê-la diante dos olhos.

O simples fato de vê-la me desmonta. Ela não reivindica nenhuma palavra e poderia suportar um silêncio infinito. Eu gostaria de fazer, dizer, dizer um longo rugido feito de todas as palavras derretidas e devolvidas ao mesmo magma, inteligível a Lol V. Stein. Calo-me. Digo:

– Nunca esperei tanto por este dia em que nada vai acontecer.

– Nós estamos nos encaminhando para alguma coisa. Mesmo que nada aconteça, estamos caminhando rumo a algum objetivo.

– Qual!

– Não sei. A única coisa sobre a qual sei algo é a imobilidade da vida. Então, quando ela se desfaz, eu sei.

Ela colocou aquele mesmo vestido branco da primeira vez na casa de Tatiana Karl. É possível vê-lo sob a capa de chuva cinza desabotoada. Como olho para o vestido, ela tira por completo o casaco cinza. Mostra-me seus braços nus. O verão está em seus braços frescos.

Ela diz baixinho, inclinando-se para a frente:
– Tatiana.

Não tive dúvidas de que era uma pergunta.
– Nós nos vimos na terça-feira.

Ela sabia. Torna-se bela, com essa beleza que, tarde da noite, quatro dias antes, eu lhe arranquei.

Pergunta, num só fôlego:
– Como?

Não respondi de imediato. Ela achou que eu não tinha entendido a pergunta. Continua:
– Como Tatiana estava?

Se ela não tivesse mencionado Tatiana Karl, eu teria. Ela está angustiada. Ela própria não sabe o que vai acontecer, o que a resposta vai provocar. Somos dois diante da pergunta, de sua confissão.

Aceito isso. Já aceitei na terça-feira. E mesmo, sem dúvida, desde os primeiros momentos do meu encontro com ela.

– Tatiana é admirável.
– Você não consegue viver sem ela, não é verdade?

Vejo que um sonho está quase sendo realizado. A carne está sendo rasgada, sangra, desperta. Ela tenta ouvir um alvoroço interior, não consegue, é dominada pela realização, mesmo incompleta, de seu desejo. Suas pálpebras tremulam sob o efeito de uma luz forte demais. Paro de olhar para ela enquanto chega o fim longuíssimo deste instante.

Respondo:

— Não consigo viver sem ela.

Então, é impossível, olho para ela outra vez. Lágrimas encheram seus olhos. Ela reprime um sofrimento imenso em que não se submerge, que sustenta, pelo contrário, com todas as suas forças, no limite de sua expressão culminante, que seria a da felicidade. Não digo nada. Não venho em seu auxílio nessa irregularidade de seu ser. O momento termina. As lágrimas de Lol são engolidas, voltam ao dilúvio contido das lágrimas de seu corpo. O momento não deslizou, nem para a vitória e nem para a derrota, não é colorido por nada, o prazer sozinho, negador, passou.

Ela diz:

— E será melhor ainda, você vai ver, entre Tatiana e você, dentro em pouco.

Sorrio para ela, ainda no mesmo estado simultaneamente ignorante e consciente de um futuro que só ela designa sem conhecer.

Somos dois a não saber. Eu digo:

– Gostaria.

Seu rosto muda, empalidece.

– Mas nós – ela diz –, o que faríamos disso?

Eu entendo: esse veredito, eu o teria pronunciado em seu lugar. Posso me colocar em seu lugar, mas do lado onde ela não quer.

– Eu também gostaria – ela diz.

Ela abaixa a voz. Em suas pálpebras, há o suor cujo sabor eu conheço desde a outra noite.

– Mas Tatiana Karl está aí, única em sua vida.

Repito:

– Única em minha vida. É isso que digo quando falo dela.

– É o que deve fazer – ela diz. Então acrescenta – eu já te amo tanto.

A palavra atravessa o espaço, o examina e pousa. Ela colocou a palavra sobre mim.

Ela ama, ama aquele que deve amar Tatiana. Ninguém. Ninguém ama Tatiana em mim. Faço parte de uma perspectiva que ela está construindo com uma obstinação impressionante, não vou lutar. Tatiana, aos poucos, penetra, arromba as portas.

– Venha, vamos caminhar. Tenho algumas coisas para te dizer.

Caminhamos pelo bulevar, atrás da estação, onde havia pouca gente. Segurei o seu braço.

– Tatiana chegou um pouco depois de mim no quarto. Às vezes ela faz isso de propósito, para tentar me fazer acreditar que não virá. Eu sei. Mas ontem senti uma vontade louca de ter Tatiana comigo.

Espero. Ela não faz perguntas. Como saber que ela sabe? Que tem certeza de que eu a descobri no centeio? Por esse motivo – pelo fato de que ela não faz perguntas? Prossigo:

– Quando ela chegou, tinha esse ar meritório, sabe, seu ar de remorso e falsa vergonha, mas nós sabemos, você e eu, o que isso esconde em Tatiana.

– A pequena Tatiana.

– Sim.

Ele conta a Lol V. Stein:

Tatiana tira a roupa e Jacques Hold olha para ela, olha com interesse para aquela que não é o seu amor. A cada peça de roupa que cai, ele reconhece cada vez mais esse corpo insaciável cuja existência lhe é indiferente. Já explorou esse corpo, conhece-o melhor do que a própria Tatiana. Olha longamente, porém, para suas clareiras de um branco sombreado pelos contornos das formas, ora puro azul arterial, ora bistre-solar. Olha para ela até perder de vista a identidade de cada forma, de todas as formas e até mesmo do corpo inteiro.

Mas Tatiana fala.

– Mas Tatiana diz alguma coisa – sussurra Lol V. Stein.

Para satisfazê-la, eu inventaria Deus, se fosse necessário.

– Ela diz o teu nome.

Não inventei.

Ele esconde o rosto de Tatiana Karl sob os lençóis e assim tem seu corpo decapitado sob a mão, à vontade. Vira-o, endireita-o, arruma-o como quer, abre os braços e as pernas ou volta a uni-los, olha intensamente para sua beleza irreversível, entra nele, imobiliza-se, espera ficar preso no esquecimento, o esquecimento está ali.

– Ah, como Tatiana sabe se deixar levar, que maravilha, que extraordinário deve ser.

Com esse encontro eles sentiram muita alegria, Tatiana e ele, mais do que de costume.

– Ela continua sem dizer nada?

– Ela fala de Lol V. Stein sob o lençol que a cobre.

Tatiana conta com muitos detalhes, e voltando muitas vezes a eles, do baile do cassino municipal onde dizem que Lol enlouqueceu. Descreve longamente a mulher magra vestida de preto, Anne-Marie Stretter, e o casal que formavam, ela e Michael Richardson, como tinham força para continuar dançando, como era surpreendente ver que haviam conseguido preservar aquele hábito mesmo no furacão da noite que parecia ter afugentado de suas vidas todo e qualquer hábito – até mesmo, diz Tatiana, o do amor.

– Você não pode imaginar – diz Lol.

É preciso silenciar Tatiana outra vez sob o lençol. Mas em seguida, ainda mais tarde, ela recomeça. No momento de ir embora, ela pergunta a Jacques Hold se ele voltou a ver Lol. Embora nada tenha sido combinado entre eles a esse respeito, ele decide mentir para Tatiana.

Lol se detém.

– Tatiana não entenderia – ela diz.

Eu me inclino, sinto seu rosto. Tem um perfume infantil, como o de talco.

– Eu a deixei ir embora primeiro, ao contrário do que é nosso hábito. Apaguei as luzes do quarto. Fiquei no escuro por um longo tempo.

Ela se esquiva à resposta, mas por um nada, apenas pelo tempo suficiente para dizer outra coisa – tristemente:

– Tatiana está sempre com tanta pressa.

Respondo:

– Sim.

Ela diz, olhando para o bulevar:

– O que aconteceu naquele quarto entre Tatiana e você, não tenho como sabê-lo. Nunca vou saber. Quando você me conta, trata-se de outra coisa.

Ela começa a andar novamente, pergunta baixinho:

– Não sou eu, não é mesmo, Tatiana debaixo do lençol, com a cabeça escondida?

Eu a abraço, tenho que machucá-la, ela solta um gritinho, eu a solto.

– É para você.

Estamos junto a uma parede, escondidos. Ela respira junto ao meu peito. Não vejo mais seu rosto tão meigo, seu contorno diáfano, seus olhos quase sempre atônitos, atônitos, perscrutadores.

E eis que a ideia de sua ausência se tornou insuportável para mim. Falei-lhe da ideia que vinha e me torturava. Quanto a ela, não sentia nada parecido, estava surpresa. Não entendia.

– Por que eu iria embora?

Desculpei-me. Mas contra o horror nada posso fazer, ele está ali. Reconheço a ausência, a ausência dela de ontem, sinto sua falta o tempo todo, já.

Ela falou com o marido. Disse a ele que achava que as coisas estavam acabando entre os dois. Ele não acreditou nela. Já não tinha dito a ele coisas desse tipo antes? Não, nunca.

Pergunto: Ela sempre voltou para casa?

Falei com naturalidade, mas ela não ignorou a mudança repentina na minha voz. Diz:

– Lol sempre voltou para casa, exceto com Jean Bedford.

Ela parte numa longa digressão sobre um medo que tem: ao seu redor, acreditam não ser impossível que ela um dia tenha uma recaída, principalmente o marido. É por isso que ela não falou com ele tão claramente quanto gostaria. Não pergunto em que estaria baseado esse medo, no momento. Ela não diz. Em dez anos, nunca deve ter falado dessa ameaça.

– Jean Bedford acredita que me salvou do desespero, nunca neguei, nunca disse a ele que se tratava de outra coisa.

– De quê?

– Deixei de amar meu noivo assim que a mulher entrou.

Estamos sentados num banco. Lol perdeu o trem que prometera a si mesma tomar. Eu a beijo, ela retribui meus beijos.

– Quando digo que deixei de amá-lo, quero dizer que você não imagina até onde se pode ir na ausência do amor.

– Diga-me uma palavra para dizê-lo.

– Não conheço nenhuma.

– A vida de Tatiana não conta mais para mim do que a de uma desconhecida, distante, de quem eu sequer saberia o nome.

– É ainda mais do que isso.

Não nos separamos. Tenho-a sob os lábios, quente.

– É uma substituição.

Eu não a deixo. Ela fala comigo. Trens passam.

– Você gostaria de vê-los?

Tomo sua boca. Tranquilizo-a. Mas ela se solta, olha para baixo.

– Sim. Eu não estava mais ali. Eles me levaram embora. Encontrei-me sem eles.

Ela franze a testa ligeiramente, e isso é tão incomum para ela, eu já sei, que fico alarmado.

– Às vezes tenho certo medo de que recomece.

Eu não a tomo de volta em meus braços.

– Não.

– Mas não sentimos medo. É uma palavra.

Ela suspira.

– Não entendo quem está no meu lugar.

Trago-a de volta para mim. Seus lábios estão frescos, quase frios.

– Não mude.

– Mas se um dia eu... – ela topa com a palavra que não consegue encontrar – eles vão me deixar sair para passear?

– Eu vou te esconder.

– Eles estarão errados, nesse dia?

– Não.

Ela se vira e diz em voz alta com um sorriso de vertiginosa confiança.

– Sei que tudo o que eu fizer você vai entender. Será preciso provar aos outros que você tem razão.

Vou levá-la embora comigo para sempre, neste momento. Ela se aconchega, pronta para ser levada embora.

– Eu gostaria de ficar com você.

– Por que não?

– Tatiana.

– É verdade.

– Você também poderia amar Tatiana – diz ela –, não mudaria nada quanto a...

Ela acrescenta:

– Não entendo o que está acontecendo.

– Não mudaria nada.

Pergunto:

– Por que esse jantar, daqui a dois dias?

– É preciso, para Tatiana. Vamos ficar calados um instante.

Seu silêncio. Ficamos imóveis, nossos rostos mal se tocando, sem uma palavra, por um longo tempo. O barulho dos trens se funde num só clamor, ficamos ouvindo. Ela me diz, sem se mexer, os lábios quase fechados:

– Num certo estado, todo traço de sentimento é banido. Não te amo quando me calo de certa maneira. Você notou?

– Notei.

Ela se espreguiça e ri.

– E então volto a respirar – ela diz.

Devo ver Tatiana quinta-feira às cinco horas. Digo isso a ela.

Houve então esse jantar na casa de Lol.

Três outras pessoas desconhecidas de Beugner e de mim foram convidadas. Uma senhora idosa, professora no conservatório de música de U. Bridge, seus dois filhos, um jovem e uma jovem cujo marido, pelo visto ansiosamente aguardado por Jean Bedford, só viria depois do jantar.

Sou o último a chegar.

Não tenho encontro marcado com ela. No momento de tomar seu trem, ela me diz que marcaríamos algo esta noite. Espero.

O jantar é relativamente silencioso. Lol não faz qualquer esforço para que seja diferente disso, talvez não perceba. Não se dá ao trabalho, durante toda a noite, de indicar, mesmo por uma alusão distante, por que nos reuniu. Por quê? Devemos ser as únicas pessoas que ela conhece bem o suficiente para convidar à sua casa. Se Jean Bedford tem amigos, sobretudo músicos, sei através de Tatiana que ele os vê sem a esposa, fora de casa. Lol reuniu todos os seus conhecidos, isso é claro. Mas por quê?

Uma conversa paralela se estabelece entre a senhora idosa e Jean Bedford. Ouço: "Se os jovens soubessem da existência dos nossos concertos, acreditem, teríamos salas cheias". A jovem fala com Pierre Beugner. Ouço: "Paris em outubro". Em seguida: "... Tomei finalmente essa decisão".

Mais uma vez, Tatiana Karl, Lol V. Stein e eu nos reencontramos: ficamos em silêncio. Esta noite Tatiana me telefonou. Ontem procurei Lol sem encontrá-la, nem na cidade, nem em casa. A sala de estar, onde ela fica depois do jantar com as filhas, não foi acesa. Dormi mal, ainda na mesma dúvida – que só o dia dissipa – de que notem alguma coisa nela, de que não a deixem mais sair sozinha em S. Tahla.

Tatiana parece impaciente para que o jantar chegue ao fim, está inquieta. Parece-me que ela deve ter algo a perguntar a Lol.

Ainda estamos quase que completamente em silêncio. Tatiana pergunta a Lol onde ela vai passar as férias. Na França, diz Lol. Voltamos a nos calar. Tatiana nos olha, ora um, ora outro, deve ter constatado que a atenção que prestávamos um no outro, na outra vez na casa de Lol, desapareceu. Desde nosso último encontro no Hôtel des Bois – com frequência vou sozinho jantar com os Beugner –, ela não me falou mais de Lol.

A conversa passa, aos poucos, a incluir a todos. Fazemos perguntas à anfitriã. Os três convidados têm com ela uma familiaridade afetuosa. Somos um pouco mais amigáveis com ela do que deveríamos, do que as palavras ou suas respostas exigem. Nessa doce cordialidade – também observada pelo marido – vejo o sinal da inquietude passada e futura, constante, em que devem viver todos os que lhe são próximos. Falam com ela porque é preciso, mas têm medo de suas respostas. A inquietude é mais pronunciada esta noite do que o normal? Não sei. Se não for, ela me tranquiliza, vejo nisso uma confirmação do que Lol me contou sobre seu marido: Jean Bedford não suspeita de nada e de ninguém; sua única preocupação, ao que parece, seria a de impedir que sua esposa resvalasse a uma conversa perigosa publicamente. Esta noite sobretudo, talvez. Ele não parece ver com bons olhos este jantar, que no entanto deixou que Lol oferecesse. Se ele tem medo de alguém é de Tatiana Karl, do olhar insistente de Tatiana sobre sua esposa, vejo-o bem, olho para ele com frequência, ele notou. Não se esquece de Lol quando fala sobre seus concertos com a velha senhora. Ele ama Lol. Mas, despossuído dela, é provável que ele permaneça assim: afável. A atração – como isso é estranho – que Lol V. Stein exerce sobre nós dois haveria, antes, de me afastar dele. Não acredito que ele conheça, a não ser por ouvir falar, sua antiga loucura; deve acreditar que tem uma mulher cheia de encantos inesperados, entre os quais (e não é o menor) o de ser ameaçada. Acha que está protegendo sua esposa.

Numa hora morta do jantar, quando paira o óbvio absurdo da iniciativa de Lol, esterilizante, meu amor foi visto, eu o senti visível e visto contra minha vontade por Tatiana Karl. Mas Tatiana ainda tinha dúvidas.

Estávamos falando da casa anterior dos Bedford, do jardim.

Lol está à minha direita, entre Pierre Beugner e mim. De repente, ela avança o rosto para mim sem expressão no olhar, como se fosse me fazer uma pergunta que não vem. E assim, tão perto, é à senhora do outro lado da mesa que pergunta:

– Há crianças de novo no jardim?

Eu sabia que ela estava à minha direita, uma mão me separava de seu rosto, emergindo, surgindo da nebulosa do todo, súbita ponta acerba, ponta fixa do amor. Foi quando minha respiração se interrompeu, sufocamos, porque há demasiado ar. Tatiana reparou. Lol também. Ela se retirou muito devagar. A mentira foi acobertada. Fiquei calmo novamente. Tatiana vai sem dúvida da versão da distração enfermiça de Lol à de um gesto não totalmente imprudente – cujo significado ela ignora. A senhora não viu nada, responde:

– Há crianças de novo no jardim. Elas são terríveis.
– Então, e as pequenas touceiras que plantei antes de partir?
– Infelizmente, Lol.

Lol fica surpresa. Deseja uma interrupção na sempiterna repetição da vida.

– Devemos destruir as casas depois de nossa passagem. Há quem faça isso.

A senhora faz a Lol a observação, com gentil ironia, de que outros podem precisar das moradas abandonadas por nós. Lol começa a rir sem parar. Essa risada me conquista e depois conquista Tatiana.

Ela parece ter cuidado muito bem desse jardim, onde suas filhas cresceram durante dez anos de sua vida. Deixou-o para os novos proprietários em perfeitas condições. Os amigos músicos falam dos canteiros e das árvores com muitos elogios. Esse jardim foi concedido a Lol por dez anos para que ela esteja aqui esta noite, milagrosamente preservada em sua diferença com relação àqueles que o ofereceram a ela.

Não sente falta daquela casa? pergunta a jovem, daquela bela e grande casa de U. Bridge? Lol não responde de imediato, todos olham para ela, algo passa por seus olhos, como um arrepio. Ela fica imobilizada por causa de alguma coisa que passa dentro dela, o quê? versões desconhecidas, selvagens, pássaros selvagens de sua vida, o que sabemos? que a atravessam de ponta a ponta, e são engolidos? então o vento desse voo se aquieta? Ela responde que ignora ter um dia morado. A frase não está terminada. Dois segundos se passam, ela se recompõe, diz rindo que é uma brincadeira, uma forma de dizer que gosta mais daqui, de S. Tahla, do que de U. Bridge. Ninguém percebe, ela pronuncia bem: S. Tahla, U. Bridge. Ri um pouco demais, dá explicações demais. Sofro, mas não muito, todo mundo tem medo, mas não muito. Lol se cala. Tatiana confirma, sem dúvida, sua versão da distração. Lol V. Stein ainda está doente.

Saímos da mesa.

O marido da jovem chega com dois amigos. Ele continua a promover em U. Bridge as noitadas musicais que Jean Bedford havia criado. Faz bastante tempo que não se veem, conversam com muito prazer. O tempo deixa de ser lânguido, somos numerosos o suficiente para que as idas e vindas uns aos outros passem despercebidas pela maioria, exceto por Tatiana Karl.

Talvez não tenha sido sem pensar que Lol nos reuniu esta noite, talvez tenha sido para nos ver juntos, Tatiana e eu, para ver onde nos encontramos desde a sua irrupção na minha vida. Não sei.

Num movimento envolvente de Tatiana, Lol se vê presa. Penso na noite em que Jean Bedford a encontrou: enquanto conversa com ela, Tatiana bloqueia seu caminho com habilidade suficiente para que Lol não perceba que não tem como sair dali; Tatiana a impede, desse modo, de ir até os outros convidados, remove-a do grupo, leva-a consigo, isola-a. Isso já se concretizou após uns vinte minutos. Lol parece bem onde está, com Tatiana, do outro lado da sala, sentada a uma mesinha entre os degraus e a janela pela qual, na outra noite, eu olhava.

Ambas estão usando esta noite vestidos escuros que as alongam, as tornam mais magras, menos diferentes uma da outra, talvez, aos olhos dos homens. Tatiana Karl, ao contrário do que faz quando está com seus amantes, tem um penteado flexível e frouxo, um nó que quase toca seu ombro, numa massa pesada. Seu vestido não aperta seu corpo como seus austeros *tailleurs* vespertinos. O vestido de Lol, ao contrário do de Tatiana, acredito, abraça seu corpo e lhe dá ainda mais aquela rigidez sábia de uma pensionista crescida. Seu cabelo está penteado como sempre, um coque apertado acima da nuca, faz talvez dez anos que ela está assim. Esta noite ela está maquiada, parece-me que um pouco demais, de modo descuidado.

Reconheço o sorriso de Tatiana ao conseguir Lol para si. Ela está aguardando a confidência, espera que seja nova, tocante, mas duvidosa, desajeitadamente enganosa o bastante para que ela consiga vê-la com clareza.

Ao vê-las juntas, assim, seria possível acreditar facilmente que Tatiana Karl é, além de mim, a única pessoa que não se importa de forma alguma com a estranheza latente ou expressa de Lol. Acredito nisso.

Aproximo-me da ilhota delas. Tatiana ainda não me vê.

Foi pelo movimento dos lábios de Tatiana que entendi o significado da pergunta feita a Lol. A palavra felicidade lia-se ali.

– Sua felicidade? E essa felicidade?

Lol sorri na minha direção. Venha. Ela me dá tempo suficiente para que eu me aproxime. Estou num ângulo oblíquo com relação a Tatiana, que só olha para Lol.

Venho silenciosamente, deslizo entre os outros. Cheguei perto o suficiente para ouvir. Paro. Lol, no entanto, ainda não respondeu. Ela olha para mim, pretendendo informar Tatiana da minha presença. Está feito. Tatiana reprime depressa um certo aborrecimento: é no Hôtel des Bois que ela quer me ver, não aqui com Lol V. Stein.

À distância, estamos os três numa indiferença aparente.

Tatiana e eu esperamos a resposta de Lol. Meu coração bate forte e eu temo que Tatiana descubra – só ela poderia descobrir – essa desordem no sangue de seu amante. Estou quase roçando nela. Dou um passo para trás. Ela não descobriu nada.

Lol vai responder. Espero tudo. Que ela acabe comigo da mesma forma como me descobriu. Ela responde. Meu coração adormece.

– Minha felicidade está aí.

Lentamente Tatiana Karl se vira para mim e, sorrindo, com um sangue frio notável, me leva a testemunhar o modo como se dá essa declaração de sua amiga.

– Como ela diz isso bem. Você ouviu?

– É verdade.

– Mas tão bem, você não acha?

Então Tatiana examina a sala, o grupo barulhento na outra extremidade, esses sinais externos da existência de Lol.

– Penso muito em você desde que te vi de novo.

Num movimento infantil, Lol acompanha o olhar de Tatiana ao redor da sala. Ela não entende. Tatiana se faz sentenciosa e terna.

– Mas e Jean – ela diz –, e suas filhas? O que você vai fazer com elas?

Lol ri.

– Você olhava para elas, era para elas que você olhava!

Sua risada não tem mais fim. Tatiana acaba rindo também, mas dolorosamente, ela não se finge mais de mulher da alta sociedade, reconheço aquela que me telefona à noite.

– Você me mete medo, Lol.

Lol fica surpresa. Seu espanto é um golpe em cheio no medo que Tatiana não confessa. Ela detectou a mentira. Está feito. Ela pergunta, com seriedade:

– Do que você tem medo, Tatiana?

Tatiana de repente não esconde mais nada. Mas sem confessar o verdadeiro significado de seu medo.

– Não sei.

Lol olha outra vez para a sala e explica a Tatiana algo diferente do que Tatiana gostaria de saber. Recomeça a falar, Tatiana é capturada em sua própria armadilha, na felicidade de Lol V. Stein.

– Mas eu não queria nada, entende, Tatiana, eu não queria nada do que está acontecendo. Nada faz sentido.

– E se você quisesse, não daria no mesmo, agora?

Lol reflete e seu ar de ponderação, seu pretenso esquecimento tem a perfeição de uma obra de arte. Eu sei que ela diz a primeira coisa que lhe passa pela cabeça.

– Dá no mesmo. O primeiro dia foi como agora. Para mim.

Tatiana suspira, suspira longamente, geme, geme, à beira das lágrimas.

– Mas essa felicidade, essa felicidade, diga-me, ah! fale-me um pouco dela.

Eu falo:

– Lol V. Stein provavelmente já tinha essa felicidade nela quando a encontrou.

Com a mesma lentidão de um momento antes, Tatiana se virou para mim. Empalideço. A cortina acaba de se abrir sobre o tormento de Tatiana Karl. Curiosamente, porém, suas suspeitas não recaem de imediato sobre Lol.

– Como você sabe dessas coisas a respeito de Lol?

Ela quer dizer: como você sabe disso no lugar de uma mulher? No lugar de uma mulher que poderia ser Lol?

O tom mordaz e seco de Tatiana é o mesmo que ela às vezes usa no Hôtel des Bois. Lol endireita o corpo.

Por que esse terror? Ela tem um movimento de fuga, vai nos deixar ali.

– Não podemos falar assim, não podemos.

– Desculpe – diz Tatiana –, Jacques Hold está num estado estranho há alguns dias. Ele está dizendo bobagens.

Ao telefone, ela me perguntou se eu via uma forma possível não de amor, mas amorosa, entre nós mais tarde, mais tarde.

– Será que você pode fingir não ser impossível que um dia, aplicando-se, venha a me considerar uma novidade, eu mudo minha voz, meus vestidos, corto meu cabelo, não vai sobrar nada.

Não abandonei o que defendo. Disse a ela que a amava. Ela desligou.

Lol se tranquiliza. Tatiana volta a implorar.

– Diga-me algo sobre a felicidade, diga-me.

Lol pergunta, sem aborrecimento, com gentileza:

– Por quê, Tatiana?

– Que pergunta, Lol.

Então Lol reflete, seu rosto se contorce e, com dificuldade, ela tenta falar sobre a felicidade.

– Outro dia, era a hora do crepúsculo, mas muito depois de o sol se pôr. Houve um momento de luz mais forte, não sei por quê, um minuto. Eu não podia ver o mar diretamente. Via-o diante de mim num espelho na parede. Senti uma tentação muito forte de ir até lá, de ir ver.

Ela não continua. Pergunto:

– Você já esteve lá?

Disso Lol se lembra imediatamente.

– Não. Tenho certeza, não fui à praia. A imagem no espelho estava lá.

Tatiana me esqueceu em favor de Lol. Toma a mão dela e a beija.

– Fale mais, Lol.

– Não fui à praia – diz Lol.

Tatiana não insiste.

Lol fez uma rápida viagem à beira-mar ontem, durante o dia, e foi por isso que não consegui encontrá-la. Ela não disse nada. Regressa-me a imagem do campo de centeio, brutal; pergunto-me, ao ponto da tortura, pergunto-me o que mais esperar de Lol. O que mais? Será que estou sendo, será que seria enganado por sua própria loucura? O que ela foi procurar à beira-mar, onde eu não estou, que pastagem? longe de mim? Se Tatiana não fizer a pergunta, eu vou fazer. Ela faz.

– Aonde você foi? Podemos te perguntar isso?

Lol diz, com um leve pesar ante o fato de ser para Tatiana Karl, ou então estou errado de novo:

– A T. Beach.

Jean Bedford, sem dúvida também para quebrar a unidade do nosso grupo, liga o gramofone. Não espero, nem me pergunto, não calculo o que seria mais prudente fazer, convido Lol. Nós nos afastamos de Tatiana, que fica sozinha.

Danço devagar demais e muitas vezes meus pés se paralisam, erro os tempos. Lol se ajusta, distraída, às minhas falhas.

Tatiana acompanha com os olhos nossa dolorosa revolução ao redor da sala.

Finalmente, Pierre Beugner vem até ela. Eles dançam.

Faz cem anos que tenho Lol em meus braços. Falo com ela de modo imperceptível. Graças aos movimentos cambiantes de Pierre Beugner, Tatiana está escondida de nós, agora não consegue ver nem ouvir.

– Você foi até o mar.

– Ontem fui a T. Beach.

– Por que não dizer nada? Por quê? Por que ir até lá?

– Eu pensei que

Ela não termina. Insisto, gentilmente.

– Tente me dizer. Que...

– Você já deve ter adivinhado.

– É impossível, tenho que te ver, é impossível.

Eis Tatiana. Ela terá notado que repeti algo de modo precipitado? Nós nos calamos. Então, mais uma vez estamos apenas sob o olhar morno, um pouco intrigado, mas só um pouco, de Jean Bedford.

Em meus braços, Lol está perdida – de repente ela não me segue mais –, pesada.

– Iremos juntos a T. Beach, se você estiver de acordo, depois de amanhã.

– Por quanto tempo?

– Um dia, talvez.

Devemos nos encontrar na estação, bem cedo. Ela me diz um horário específico. Devo falar com Pierre Beugner para avisá-lo da minha ausência. Devo fazê-lo?

Invento:

Como eles ainda estão calados, pensa Tatiana. Estou habituada, sei fazê-lo afundar num estupor mudo e triste do qual ele sai com dificuldade, gosta desse estado. Esse silêncio que ele observa com Lol V. Stein não acredito que o tenha jamais visto observar comigo, mesmo na primeira vez em que veio me buscar, uma tarde, na ausência de Pierre, e que me levou, sem dizer uma palavra, ao Hôtel des Bois. Isso é o que ignoro: esse homem que se apaga, diz que ama, deseja, quer ver de novo, apaga-se ainda mais à medida que diz essas coisas. Devo estar com um pouco de febre. Tudo me deixa, minha vida, minha vida.

Outra vez, judiciosamente, Lol dança, segue-me. Quando Tatiana não vê, eu a puxo um pouco para o lado a fim de ver seus olhos. Vejo-os: uma transparência me olha. Novamente não vejo. Apertei-a contra mim, ela não resiste, ninguém repara em nós dois, eu acho. A transparência me atravessou, ainda a vejo, agora embaçada, ela se encaminhou rumo a algo mais vago, sem fim, irá rumo a outra coisa que jamais conhecerei, sem fim.

– Lol Valérie Stein, ei!

– Ah, sim.

Eu a machuquei. Senti um "ah" quente no meu pescoço.

– Isso vai ter que acabar. Quando?

Ela não responde. A vigilância de Tatiana recomeça. Invento: Tatiana fala com Pierre Beugner:

– Vou ter que falar sobre Lol com Jacques Hold.

Será que Pierre Beugner se engana acerca da intenção real? Tem por Tatiana um amor que passou por muitas provas, um sentimento que ele arrasta, mas que vai arrastar até a morte, eles estão unidos, sua casa é mais sólida do que as outras, resistiu a todos os ventos. Na vida de Tatiana, a primeira e última imperiosa obrigação à qual é impensável que ela um dia se furte é voltar sempre, Pierre Beugner é seu regresso, sua trégua, sua única constância.

Invento:

Esta noite, Pierre Beugner percebe, ouvido colado na parede, a falha que Lol sempre ouve na voz de sua esposa.

A intimidade deles, neste momento da sua existência, sou eu quem paga o preço dela, sem que jamais um deles se dê conta.

Pierre Beugner diz:

– Lol V. Stein ainda está doente, você viu, à mesa, aquela ausência, como foi impressionante, e é sem dúvida isso que interessa a Jacques Hold.

– Você acha? Mas ela se presta a esse interesse?

Pierre Beugner a consola:

– Coitada, o que você espera?

Pierre Beugner cerra a esposa nos braços, quer evitar que tome forma o sofrimento ainda incipiente. Diz:

– De minha parte, não notei nada entre eles, nada, devo dizer, além desse interesse de que você falava.

Tatiana se impacienta um pouco, mas não demonstra.

– Se você olhar bem para eles.

– Vou fazer isso.

Outro disco substituiu o primeiro. Os casais não se separaram. Estão do outro lado da sala. O notável, de repente, não é a falta de jeito, que agora não é tão flagrante; é a expressão de seus rostos enquanto dançam, nem amável, nem educada, nem entediada, mas sim – Tatiana tem razão – a da observação rigorosa de uma reserva sufocante. Sobretudo quando Jacques Hold fala com Lol e esta lhe responde sem que nada se altere em seu modo reservado, sem que nada deixe adivinhar a natureza da pergunta feita ou da resposta que lhe será dada.

Lol me responde:

– Se soubéssemos quando.

Esqueci Tatiana Karl; esse crime, eu o cometi. Estava no trem, tinha-a perto de mim, durante horas, já rolávamos em direção a T. Beach.

– Por que fazer essa viagem agora?

– É verão. Este é o momento.

Como não respondo, ela me explica.

– E temos que ir rápido, Tatiana se afeiçoou a você.

Ela para. Lol desejava que isso que invento estivesse acontecendo entre Pierre Beugner e Tatiana?

– Você queria?

– Sim. Mas você também precisava se afeiçoar. Ela não deveria saber de nada.

Quase sofisticada, ela poderia tranquilizar observadores menos difíceis do que Tatiana e Pierre Beugner.

– Pode ser que eu me engane. Talvez tudo esteja perfeito.

– Por que T. Beach de novo?

– Para mim.

Pierre Beugner me sorri cordialmente. No fundo desse sorriso há agora uma certeza, um aviso de que amanhã, se Tatiana chorar, serei dispensado de seu serviço no Hospital Departamental. Invento que Pierre Beugner está mentindo.

– Você está imaginando coisas – diz ele à esposa. – Lol V. Stein lhe é perfeitamente indiferente. Ele mal escuta o que ela diz.

Tatiana Karl vê-se rodeada pela mentira, tem uma vertigem e a ideia da sua morte flui, água fresca, que se espalhe sobre esta queimadura, que venha cobrir esta vergonha, que venha, então a verdade surgirá. Qual verdade? Tatiana suspira. A dança acabou.

Dancei com a mulher de U. Bridge, bem, e falei com ela, cometi esse crime também, cometi-o com alívio. E Tatiana devia ter certeza de que era Lol V. Stein. Mas isso que acho interessante acerca de Lol V. Stein, será que descobri sozinho – não foi ela quem me mostrou, não é coisa dela? A única novidade para Tatiana, traída esta noite após anos, é sofrer. Invento que essa novidade torce o seu coração, abre uma represa de suor em meio aos cabelos suntuosos, priva o olhar de sua soberba desolação, encolhe-o, faz cambalear o pessimismo de ontem: quem sabe? talvez o estandarte branco dos amantes da primeira viagem venha a passar bem perto da minha casa.

Tatiana atravessa o grupo, chega, pede que eu dance com ela a dança que começa.

Danço com Tatiana Karl.

Lol está sentada perto do gramofone. Parece ser a única a não ter notado. Os discos passam por suas mãos, ela parece desanimada. O que penso a respeito de Lol V. Stein esta noite: as coisas estão tomando forma ao seu redor e de repente ela percebe as arestas vivas, os restos espalhados por todo o mundo, girando, esse lixo já meio comido pelos ratos, a dor de Tatiana, ela a vê, fica envergonhada, por toda parte o sentimento, escorregamos nessa gordura. Ela acreditava que era possível um tempo que se enchesse e se esvaziasse alternadamente, que se enchesse e se esvaziasse, depois que estivesse novamente pronto, sempre, para ser usado, ela ainda acredita, sempre acreditará, nunca vai se curar.

Tatiana fala comigo sobre Lol numa voz baixa e apressada.

– Quando Lol fala da felicidade, do que ela está falando?

Não menti.

– Não sei.

– Mas o que há com você, o que há com você?

De modo indecente, pela primeira vez desde que começou seu caso com Jacques Hold, Tatiana Karl, na presença do marido, levanta o rosto para o amante, tão perto que ele poderia colocar os lábios nos olhos dela. Digo:

– Eu te amo.

Uma vez pronunciadas as palavras, a boca fica entreaberta, para que escorram até a última gota. Mas será preciso recomeçar, se a ordem for dada. Tatiana viu que os olhos dele, sob as pálpebras abaixadas, olhavam mais do que nunca na direção dela, lá onde ela não está, para as mãos débeis de Lol V. Stein sobre os discos.

Esta manhã, ao telefone, eu já tinha dito isso.

Ela estremece de indignação, mas o golpe foi dado, Tatiana foi atingida. Essas palavras, ela as aceita quando as encontra, Tatiana Karl, hoje ela se debate, mas as ouviu.

– Mentiroso, mentiroso.

Ela abaixa a cabeça.

– Não posso mais ver seus olhos, seus olhos sujos.

E depois:

– É porque você acha que para o que fazemos juntos isso não importa, não é?

– Não. É verdade, eu te amo.

– Cale a boca.

Ela junta suas forças, tenta me acertar mais fundo, com mais força.

– Você notou o jeito dela, esse corpo de Lol, notou que ao lado do meu ele está morto, não diz nada?

– Notei.

– Notou mais alguma coisa nela que poderia me dizer?

Lol ainda está sozinha lá, os discos passam em suas mãos.

– É difícil. Lol V. Stein não é, por assim dizer, uma pessoa consequente.

Numa voz aparentemente aliviada, num tom quase leve, Tatiana Karl profere uma ameaça cujo alcance desconhece, mas que para mim contém um terror inominável.

– Sabe, se você mudasse muito, em relação a mim, eu deixaria de te ver.

Depois da dança, fui falar com Pierre Beugner para lhe informar de minha intenção de me ausentar o dia inteiro, dois dias mais tarde. Ele não me fez nenhuma pergunta.

E então voltei para Tatiana, mais uma vez. Disse a ela:

– Amanhã. Às seis horas. Estarei no Hôtel des Bois.

Ela disse:

– Não.

Compareço ao encontro às seis horas, no dia marcado. Tatiana sem dúvida não virá.

O vulto cinzento está no campo de centeio. Fico tempo suficiente na janela. Ela não se move. Parece que adormeceu.

Deito-me na cama. Uma hora se passa. Acendo a luz quando se torna necessário.

Levanto-me, tiro a roupa, deito-me de novo. Queimo de desejo por Tatiana. A ponto de chorar.

Não sei o que fazer. Vou até a janela, sim, ela está dormindo. Vem até aqui para dormir. Dorme. Saio dali, deito-me novamente. Acaricio-me. Ele fala com Lol V. Stein, perdida para sempre, ele a consola com uma desgraça inexistente que ela ignora. Assim passa o tempo. O esquecimento vem. Liga para Tatiana, pede ajuda.

Tatiana entrou, os cabelos soltos, com os olhos vermelhos ela também. Lol está em sua felicidade, nossa tristeza que a traz me parece insignificante. O cheiro do campo chegava até mim. E eis agora o de Tatiana, que o esmaga.

Ela se senta na beirada da cama e, lentamente, despe-se, deita-se ao meu lado, chora. Digo a ela:

– Eu mesmo também me sinto desesperado.

Nem tento possuí-la, sei que serei impotente para fazê-lo. Tenho demasiado amor por aquele vulto no campo, agora, demasiado amor, acabou.

– Você veio tarde demais.

Ela enterra o rosto nos lençóis, fala a uma grande distância.

– Quando?

Não posso mais mentir. Acaricio seus cabelos, que se espalharam entre os lençóis.

– Este ano, neste verão, você veio tarde demais.

– Eu não poderia vir na hora certa. É porque é tarde demais que te amo.

Ela se levanta, ergue a cabeça.

– É Lol?

– Não sei.

Lágrimas novamente.

– É a nossa pequena Lola?

– Volte para casa.

– Aquela doida?

Ela grita. Eu a impeço, com a minha mão.

– Diga-me que é Lol ou eu vou gritar.

Minto pela última vez.

– Não. Não é Lol.

Ela se levanta, anda nua pelo quarto, vai até a janela, volta, vai outra vez até lá, não sabe onde se meter ela tampouco, tem algo a dizer, hesita, algo que não consegue sair e que sai em voz baixa. Ela me informa.

– Vamos parar de nos ver. Acabou.

– Eu sei.

Tatiana tem vergonha do que vai acontecer nos dias seguintes, esconde o rosto nas mãos.

– Nossa pequena Lola, é ela, eu sei.

Mais uma vez a raiva a arranca de seu terno devaneio.

– Como isso é possível? uma doida?

– Não é Lol.

Ainda mais calma, ela treme inteira. Chega perto de mim. Seus olhos arrancam meus olhos.

– Eu vou ficar sabendo, você sabe.

Ela se afasta, está de frente para o campo de centeio, não vejo mais o seu rosto, ele está voltado para o campo, então eu o vejo de novo, não mudou. Ela olhava para o sol poente, o campo de centeio em chamas.

– Eu vou saber agir, avisá-la com gentileza, vou saber, sem machucá-la, dizer-lhe que te deixe em paz.

Ela é doida, não vai sofrer, gente doida é assim, sabe?

– Sexta-feira às seis horas, Tatiana, você virá mais uma vez.

Ela chora. As lágrimas ainda correm, de longe, por trás das lágrimas, eram esperadas, como todas as lágrimas, e finalmente chegaram; pelo que me lembro, Tatiana parecia não se sentir infeliz com isso, parecia rejuvenescer.

Como da primeira vez, Lol já está na plataforma da estação, quase sozinha, os trens dos trabalhadores saem mais cedo, o vento fresco corre sob seu casaco cinza, sua sombra se estende na pedra da plataforma em direção às da manhã, ela se mistura com uma luz verde que vagueia e se agarra por toda parte em miríades de pequenas irrupções ofuscantes, agarra-se a seus olhos, que riem, de longe, e vêm ao meu encontro, seu mineral de carne brilha, brilha, descoberto.

Ela não tem pressa, faltam cinco minutos para o trem, está meio despenteada, sem chapéu, para vir atravessou jardins, e jardins onde nada detém o vento.

De perto, reconheço no mineral a alegria de todo o ser de Lol V. Stein. Ela se banha na alegria. Os sinais dessa alegria se iluminam até o limite do possível, saem em ondas de todo seu ser. Estritamente, só o que se pode ver dessa alegria é a causa.

Assim que a vi em seu casaco cinza, em seu uniforme de S. Tahla, ela foi a mulher do campo de centeio atrás do Hôtel des Bois. A que não o é. E aquela que o é nesse campo e ao meu lado, eu as tive, ambas fechadas em mim.

O resto eu esqueci.

E durante a viagem, ao longo de todo o dia, essa situação permaneceu inalterada, ela estava ao meu lado separada de mim, abismo e irmã. Como sei – será que jamais soube de algo a esse ponto? – que ela é incognoscível para mim, não se pode estar mais próximo de um ser humano do que eu dela, mais perto dela do que ela mesma, escapando tão constantemente de sua vida viva. Se depois de mim vierem outros que também saberão disso, aceito a sua chegada.

Passamos o tempo andando na plataforma da estação, sem dizer nada. Assim que nossos olhos se encontram, rimos.

Este trem entre o dos passageiros e o dos trabalhadores está quase vazio, só serve a nós. Ela o escolheu de propósito, diz, porque é muito lento. Estaremos por volta do meio-dia em T. Beach.

– Eu queria ver T. Beach de novo com você.

– Você viu de novo anteontem.

Ela achava sem importância dizê-lo ou não?

– Não, eu nunca voltei de verdade. Anteontem, não

saí da estação. Estava na sala de espera. Dormi. Sem você, dei-me conta de que não valeria a pena. Eu não teria reconhecido nada. Peguei o primeiro trem de volta.

Apoiou-se inteira em mim, indolente e pudica. Pedia para ser beijada sem pedir.

– Não posso mais prescindir de você em minha memória de T. Beach.

Eu a peguei pela cintura e a acariciei. O compartimento está vazio como uma cama feita. Três meninas passam pela minha cabeça. Não as conheço. A mais velha é Lol, diz Tatiana.

– Tatiana – diz ela, baixinho.

– Tatiana esteve lá ontem. Você tinha razão. Admirável Tatiana.

Tatiana está ali como outra qualquer, Tatiana, por exemplo, enterrada em nós, a de ontem e a de amanhã, seja ela quem for. Afundo-me em seu corpo quente e amordaçado, hora desocupada para Lol, hora deslumbrante de seu esquecimento, enxerto-me, bombeio o sangue de Tatiana. Tatiana está aqui para que eu esqueça Lol V. Stein. Debaixo de mim, ela se torna lentamente exangue.

O centeio sussurra no vento da noite ao redor do corpo dessa mulher que olha para um hotel onde estou com outra, Tatiana.

Lol, perto de mim, aproxima-se, aproxima-se de Tatiana. Como ela gostaria. O compartimento permanece vazio nas paradas. Ainda estamos ali sozinhos.

– Você quer que eu te leve ao hotel mais tarde?

– Acho que não. Tenho esse desejo. Não tenho mais.

Não continua. Pega minhas mãos, que eu havia retirado, e as pousa sobre ela. Digo, imploro:

– Não posso, tenho que te ver todo dia.

– Também não posso. É preciso ter cuidado. Há dois dias voltei tarde para casa, encontrei Jean na rua, ele me esperava.

Pergunto-me: será que ela me viu na janela do hotel na penúltima vez, nesta última vez? Será que ela viu que eu a estava vendo? Ela fala desse incidente com naturalidade. Não pergunto de onde ela vinha. Ela diz.

– Às vezes eu saio tarde, dessa vez, por exemplo.

– E você recomeçou?

– Sim. Mas ele não me esperava mais. Isso é que é grave. Quanto a nos vermos de novo, não poderíamos fazer isso todos os dias, pois há Tatiana.

Ela se aconchega de novo, fecha os olhos, cala-se, atenta. Seu contentamento respira profundamente ao meu lado. Nenhum sinal de sua diferença sob minha mão, sob meus olhos. No entanto, no entanto. Quem está ali, nesse momento, tão perto e tão longe, que ideias à espreita vêm e vão visitá-la, de noite, de dia, com todas as luzes? neste momento mesmo? Neste instante em que eu poderia acreditar que ela se encontra neste trem, perto de mim, como outras mulheres estariam? À nossa volta, os muros: tento escalar, agarro-me, caio de novo, recomeço, talvez, talvez, mas minha razão continua igual, impávida, e eu caio.

– Gostaria de falar um pouco sobre a felicidade que sinto em te amar – diz ela. – Faz alguns dias que precisava te dizer isso.

O sol da vidraça está sobre ela. Seus dedos se movem pontuando a frase e caem sobre sua saia branca. Não vejo seu rosto.

– Não te amo e, no entanto, te amo, você me entende.

Pergunto:

– Por que não se matar? Por que você ainda não se matou?

– Não, você se engana, não é isso.

Ela diz isso sem tristeza. Se eu me engano, é um engano menos grave do que o dos outros. Não tenho como me enganar a seu respeito a não ser profundamente. Ela sabe disso. Diz:

– É a primeira vez que você se engana.

– Você gosta?

– Sim. Sobretudo dessa forma. Você está tão perto de

Ela fala dessa felicidade de amar, materialmente. Em seu dia a dia, com outro homem que não eu, essa felicidade existe sem qualquer drama.

Dentro de algumas horas ou de alguns dias, quando virá o fim? Vão tomá-la de volta em breve. Vão consolá-la, vão envolvê-la com carinho na sua casa em S. Tahla.

– Estou escondendo algumas coisas de você, é verdade. À noite, sonho em te contar. Mas com o dia tudo se acalma. Eu entendo.

– Não é preciso me contar tudo.

– Não é preciso, não. Veja, não estou mentindo.

Por três noites, desde sua viagem a T. Beach, temi outra viagem que ela faria. O medo não se dissipa com a manhã. Não digo a ela que a segui em suas caminhadas, que vou para a frente da sua casa todos os dias.

– Às vezes, durante o dia, consigo me imaginar sem você, conheço-o mesmo assim, mas você já não está mais ali, também desapareceu; não faço besteiras, ando por aí, durmo muito bem. Sinto-me bem sem você desde que te conheço. Talvez seja nesses momentos, quando posso acreditar que você desapareceu, que

Eu espero. Quando ela procura, consegue continuar. Está procurando. Suas pálpebras fechadas batem imperceptivelmente com seu coração, ela está calma, hoje está gostando de conversar.

– que fico melhor, que sou aquela que devo ser.
– Quando o sofrimento começaria de novo?
Ela fica surpresa.
– Mas. Não.
– Não acontece nunca com você?
O tom varia, ela esconde alguma coisa.
– Você vê, isso é curioso, não é?
Não sei.
– Nunca, nunca?
Ela procura.
– Quando o trabalho está mal feito em casa – ela se queixa –, não me faça perguntas.
– Acabou.
Ela está calma de novo, está séria, pensa, depois de um longo minuto grita esse pensamento.
– Ah, eu gostaria de poder te dar a minha ingratidão, como sou feia, como não é possível me amar, gostaria de te dar isso.
– Você me deu.
Ela levanta um pouco o rosto, primeiro surpresa e depois envelhecida de repente, deformada por uma emoção muito forte que a priva de sua graça, de sua delicadeza, torna-a carnal. Imagino sua nudez ao lado da minha, completa, curiosamente pela primeira vez, o tempo extraordinariamente rápido de saber que se

o momento chegar talvez eu não consiga suportá-lo. Corpo de Lol V. Stein, tão distante e ainda assim indissoluvelmente casado consigo mesmo, solitário.

Ela continua a falar de sua felicidade.

– O mar estava no espelho da sala de espera. A praia estava vazia àquela hora. Peguei um trem muito lento. Todos os banhistas já tinham voltado para casa. O mar estava como quando eu era jovem. Você não estava em absoluto na cidade, antes mesmo. Se eu acreditasse em você como os outros acreditam em Deus, poderia me perguntar por que você, o que isso significa? No entanto, a praia estava tão vazia, era como se não tivesse sido terminada por Deus.

Conto a ela, por minha vez, o que aconteceu no dia anterior, no meu quarto: eu tinha olhado atentamente para o meu quarto e mudado de lugar diversos objetos, como que às escondidas, e de acordo com a visão que ela teria daquelas coisas, se ela tivesse vindo, e também de acordo com seu lugar entre elas, movendo-se entre objetos imóveis. Imaginei-os tantas vezes em outro lugar que uma aflição se apoderou de mim, uma espécie de adversidade se alojou em minhas mãos, por não poder decidir o lugar exato desses objetos em relação à sua vida. Desisti do jogo, não tentei mais colocá-la, viva, na morte das coisas.

Não a solto enquanto lhe conto isso. É preciso segurá-la sempre, não a largar. Ela fica. Fala.

Entendo o que ela quer me dizer: o que conto acerca dos objetos do meu quarto, isso aconteceu com o corpo dela, isso a faz pensar nele. Levou-o para passear pela cidade. Mas isso não é mais suficiente. Ela ainda se pergunta onde deveria estar esse corpo, onde exatamente colocá-lo, a fim de que pare de se queixar.

– Estou menos longe de sabê-lo do que antes. Passei muito tempo colocando-o em lugares diferentes de onde deveria estar. Agora acho que estou chegando mais perto de onde ele seria feliz.

Através do seu rosto, e só dele, quando o toco, a mão aberta pressionando-o cada vez mais, brutal, ela experimenta o prazer do amor. Eu não estava enganado. Observava-a tão de perto. O calor pleno de sua respiração queimou minha boca. Seus olhos morreram e quando voltaram a se abrir eu tive em mim também seu primeiro olhar desmaiado. Ela gemeu debilmente. O olhar saiu de seu mergulho e pousou em mim, triste e inútil. Ela diz:

– Tatiana.

Eu a tranquilizo.

– Amanhã. Amanhã mesmo.

Eu a tomo em meus braços. Olhamos para a paisagem.

Eis uma estação. O trem para. Um vilarejo se agrupa em torno de uma prefeitura recém-pintada de amarelo. Ela começa a se lembrar fisicamente dos lugares.

– É a penúltima estação antes de T. Beach – diz.

Ela fala, fala sozinha. Ouço com atenção um monólogo um tanto incoerente, sem importância para mim. Ouço sua memória se colocar em movimento, apreender as formas ocas que ela justapõe umas às outras como num jogo de regras perdidas.

– Havia trigo lá. Trigo maduro – ela acrescenta. – Que paciência.

Foi por este trem que ela partiu para sempre, num compartimento como este, rodeada por seus pais, que enxugam o suor que lhe escorre da testa, que lhe dão de beber, que a fazem se deitar no banco, uma mãe a chama de seu passarinho, sua lindeza.

– Desse bosque o trem passava mais longe. Não havia sombra no campo e, no entanto, fazia um sol brilhante. Meus olhos doem.

– Mas anteontem fazia sol?

Ela não reparou. O que ela viu anteontem? Não lhe pergunto. Ela se encontra, neste momento, num desenrolar mecânico de sucessivos reconhecimentos de lugares, de coisas, são esses, ela não tem como se enganar, estamos, sim, no trem que vai para T. Beach.

Ela reúne num andaime que lhe é momentaneamente necessário, ao que parece, um bosque, trigo, paciência.

Está muito ocupada com o que procura rever. É a primeira vez que fica tão longe de mim. No entanto, de vez em quando vira a cabeça e sorri para mim como se eu fosse alguém, eu não deveria acreditar nela, que não esquece.

A distância diminui, apressa-a, ao final ela fala quase o tempo todo. Não ouço tudo. Ainda a seguro em meus braços. Alguém que vomita, seguramos com ternura essa pessoa. Também me ponho a olhar para esses lugares indestrutíveis que neste momento estão se tornando os do meu advento. Eis que chega a hora do meu acesso à memória de Lol V. Stein.

O baile estará no final da viagem, cairá feito um castelo de cartas, como, nesse momento, a própria viagem. Ela revê essa memória pela última vez em sua vida, enterra-a. No futuro será desta visão de hoje, desta companhia ao seu lado que ela vai se lembrar. Será como S. Tahla agora, arruinada sob seus passos do presente. Digo:

– Ah, eu te amo tanto. O que vamos fazer?

Ela diz que sabe. Ela não sabe.

O trem avança mais lentamente num campo ensolarado. O horizonte se ilumina cada vez mais. Vamos chegar a uma região onde a luz banhará tudo numa hora propícia, aquela que esvazia as praias, será por volta do meio-dia.

– Quando você olha para Tatiana sem vê-la, como na outra noite, parece-me que reconheço alguém esquecido, a própria Tatiana durante o baile. Então, sinto certo medo. Talvez eu não devesse mais ver vocês juntos, exceto

Ela falou depressa. Talvez a frase tenha ficado inacabada dessa vez por causa da primeira pisada no freio da parada: chegamos a T. Beach. Ela se levanta, vai até a janela, eu me levanto também e juntos vemos chegar a estação balnear.

Ela brilha na luz vertical.

Eis o mar, calmo, iridescente, variando de acordo com suas profundezas, de um azul cansado.

O trem desce em sua direção. No alto do céu, lá em cima, paira uma névoa violeta que o sol rasga neste momento.

Pode-se ver que há bem poucas pessoas na praia. A curva majestosa de um golfo é colorida por um amplo círculo de cabines de banho. Postes brancos, altos e regularmente espaçados dão à praça a aparência altiva de um grande bulevar, uma altitude estranha, urbana, como se o mar tivesse conquistado a cidade desde a infância.

No centro de T. Beach, de uma brancura leitosa, um imenso pássaro pousado, suas duas asas regulares ladeadas por balaustradas, seu terraço saliente, suas cúpulas verdes, suas persianas verdes baixadas no verão, suas fanfarronadas, suas flores, seus anjos, suas guirlandas, seus ouros, sua brancura sempre leitosa, de neve, de açúcar, o cassino municipal.

No guincho agudo e prolongado dos freios, ele passa devagar. Para, visível por inteiro.

Lol ri, debocha.

– O cassino de T. Beach, como eu o conheço bem.

Ela sai do compartimento, para no corredor, reflete.

– Não vamos ficar na sala de espera, ora.

Eu rio.

– Não.

Na plataforma e na rua ela anda de braço dado comigo, minha mulher. Saímos da nossa noite de amor, o compartimento do trem. Por causa do que aconteceu entre nós, tocamo-nos com mais facilidade, com mais familiaridade. Conheço agora a força, a sensibilidade desse rosto tão suave – que é também seu corpo, seus olhos, seus olhos que veem e também são – afogado na suavidade de uma infância interminável que flutua na superfície da carne. Digo a ela:

– Eu te conheço melhor desde o trem.

Ela entende bem o que quero dizer com isso, diminui o passo, vence uma espécie de tentação de voltar atrás.

– Você é agora parte desta viagem que há dez anos me impedem de fazer. Que bobagem.

Ao sair da estação, ela olha para a rua de um lado a outro, hesitando em tomar essa ou aquela direção. Conduzo-a na do cassino, cujo corpo principal está agora escondido pela cidade.

Nada acontece com ela a não ser um reconhecimento formal, sempre muito puro, muito calmo, talvez um pouco divertido. Sua mão está na minha. A memória propriamente dita é anterior a esta memória, a si mesma. No começo ela foi razoável, antes de enlouquecer em T. Beach. O que estou dizendo?

Digo:

– Esta cidade não vai te servir de nada.

– Do que eu haveria de me lembrar?

– Venha aqui como em S. Tahla.

– Aqui como em S. Tahla – repete Lol.

A rua é larga e desce conosco em direção ao mar. Jovens sobem por ela em trajes de banho, em roupões de cores vivas. Têm a mesma tez, os cabelos colados pela água do mar, parecem fazer parte de uma única família com numerosos membros. Separam-se, até logo, marcam encontro para mais tarde, todos na praia.

Entram, em sua maioria, em pequenos pavilhões mobiliados de um andar, deixam a rua cada vez mais deserta à medida que avançamos. Vozes de mulheres gritam nomes. Crianças respondem que já vão. Lol olha com curiosidade para sua juventude.

Chegamos em frente ao cassino sem nos darmos conta. À nossa esquerda, a cem metros, ele estava ali, no meio de um gramado que não conseguíamos ver da estação.

– E se fôssemos até lá – diz Lol.

Atravessa-o um longo corredor, que se abre de um lado para o mar e do outro para a praça central de T. Beach.

No cassino municipal de T. Beach não há ninguém, a não ser uma senhora no vestiário, à entrada, e um homem de preto que anda de um lado para o outro com as mãos às costas e boceja.

Grandes cortinas escuras com estampa de folhas fecham todas as saídas, movem-se constantemente ao vento que varre o corredor.

Quando o vento está um pouco forte, é possível ver salas desertas com janelas fechadas, uma sala de jogos, duas salas de jogos, mesas cobertas com grandes placas de metal verde trancadas com cadeado.

Lol mete a cabeça em todas as entradas e ri, como se encantada com esse jogo de revisitação. Essa risada me conquista. Ela ri porque está procurando algo que pensou que encontraria aqui, que, portanto, deveria encontrar, e que não encontra. Vem, volta, levanta uma cortina, mete o nariz, diz que não é isso, sem dúvida, não é isso. Ela me chama para testemunhar seu fracasso a cada vez que uma cortina cai, olha para mim e ri. Na sombra do corredor, seus olhos brilham, vivos, claros.

Ela examina tudo. Inclusive os cartazes que anunciam os bailes de gala, os concursos, as vitrines de joias, de vestidos, de perfumes. Alguém que não fosse eu poderia estar errado sobre ela neste momento. Encontro-me no lugar de espectador de uma alegria imprevista, irresistível.

O homem que anda para cá e para lá vem até nós, faz uma reverência para Lol, pergunta se ela precisa de seus serviços, se ele pode ajudá-la. Lol, desconcertada, vira-se para mim.

– Estamos procurando o salão de baile.

O homem é gentil, diz que a esta hora, claro, o cassino está fechado. Esta noite, às sete e meia. Eu explico, digo que nos bastaria uma olhada de relance, porque viemos aqui quando éramos jovens, para rever, só uma olhada de relance é o que gostaríamos.

O homem sorri, entende e nos pede para segui-lo.

– Tudo está fechado. Não vão conseguir ver muito bem.

Ele passa, vira no corredor perpendicular ao precedente: eis o que era preciso fazer. Lol parou de rir, diminui o passo, anda atrás de nós. Aqui estamos. O homem levanta uma cortina, ainda não conseguimos ver, e ele pergunta se nos lembramos do nome da sala, porque há dois salões de baile no cassino.

– La Potinière – diz Lol.

– Então é aqui.

Entramos. O homem solta a cortina. Encontramo-nos numa sala bastante grande. Mesas circundam concentricamente uma pista de dança. De um lado há um palco fechado por cortinas vermelhas, do outro uma passarela ladeada por plantas verdes. Ali há uma mesa coberta com uma toalha branca, estreita e comprida.

Lol olhava. Atrás dela eu estava me esforçando tanto para irmanar meu olhar ao seu que comecei a me lembrar, mais e mais a cada segundo, de sua memória. Lembrei-me de eventos contíguos àqueles que ela havia presenciado, semelhanças de perfil que desapareciam assim que vislumbradas na noite escura do salão. Ouvi os foxtrotes de uma juventude sem história. Uma loura ria alto. Um casal de amantes veio até ela, bólido lento, maxilar primário do amor, ela ainda não sabia o que isso significava. Um crepitar de acidentes secundários, gritos de mãe, produz-se. Chega a vasta e escura pradaria da aurora. Uma calma monumental cobre tudo, engole tudo. Um traço subsiste, só um. Sozinho, indelével, de início não se sabe onde. Mas o quê? não se sabe? Nenhum vestígio, nenhum, tudo foi enterrado, Lol com tudo mais.

O homem anda, vai e vem atrás da cortina do corredor, tosse, espera sem impaciência. Aproximo-me de Lol. Ela não me vê chegando. Olha como que por espasmos, enxerga mal, fecha os olhos para enxergar melhor, volta a abri-los. Sua expressão é conscienciosa, obstinada. Ela pode ficar assim para sempre, vendo de novo, estupidamente, o que não pode ser visto de novo.

Ouvimos o clique de um interruptor e a sala se ilumina com dez lustres juntos. Lol dá um grito. Eu digo ao homem:

– Obrigado, não é o caso.

O homem apaga as luzes. O salão se torna, por contraste, muito mais escuro. Lol sai. O homem espera atrás das cortinas, sorrindo.

– Faz muito tempo? – ele pergunta.

– Ah, dez anos – diz Lol.

– Eu estava aqui.

Sua expressão muda, ele reconhece a senhorita Lola Stein, a incansável dançarina, dezessete anos, dezoito anos, de La Potinière. Diz:
- Perdão.
Deve saber o resto da história também, posso vê-lo.
Esse reconhecimento escapa completamente a Lol.
Saímos pela porta que dá para a praia.
Fomos até lá sem decidir fazê-lo. Quando amanheceu, Lol se espreguiçou e bocejou por um longo tempo. Sorriu e disse:
- Acordei tão cedo, estou com sono.
O sol, o mar afunda, afunda, deixa atrás de si pântanos azul-celestes.
Ela se estende na areia, olha os pântanos.
- Vamos comer, estou com fome.
Ela adormece.
Sua mão adormece com ela, pousada na areia. Fico brincando com a sua aliança. Por baixo, a carne é mais clara, fina, como a de uma cicatriz. Ela não se dá conta. Tiro a aliança, sinto o seu cheiro, não tem cheiro, coloco-a de volta. Ela não se dá conta.
Não tento lutar contra a mortal insipidez da memória de Lol V. Stein. Durmo.

Ela continua dormindo, na mesma posição. Faz uma hora que está dormindo. A luz está um pouco mais oblíqua. Seus cílios projetam uma sombra. Há um pouco de vento. Sua mão ainda está onde adormeceu, um pouco mais enterrada na areia, não dá mais para ver suas unhas.

Ela acorda muito depressa depois de mim. Daquele lado há pouquíssima gente, a praia é barrenta, as pessoas se banham mais longe, a quilômetros de distância, o mar está muito baixo, manso, por enquanto, lá no alto gritam as gaivotas estúpidas. Avaliamo-nos. Nosso encontro é recente. Estamos, em primeiro lugar, surpresos. Então reencontramos nossa memória em andamento, maravilhosa, fresca da manhã, abraçamo-nos, eu a estreito com força, ficamos assim, sem falar um com o outro, sem que uma palavra possa ser dita até o momento em que, do lado da praia onde estão os banhistas – Lol, o rosto no meu pescoço, não vê –, há um movimento de gente, uma reunião em torno de algo, talvez um cachorro morto.

Ela se levanta, leva-me a um restaurantezinho que conhece. Está morrendo de fome.

Aqui estamos, então, em T. Beach, Lol V. Stein e eu. Comemos. Outros eventos poderiam ter ocorrido, outras revoluções, entre outras pessoas em nosso lugar, com outros nomes, outras durações poderiam ter ocorrido, mais longas ou mais curtas, outras histórias de esquecimento, de queda vertical no esquecimento, acessos fulminantes a outras memórias, outras longas noites, amor sem fim, sabe-se lá o que mais. Não estou interessado, é Lol quem tem razão.

Lol come, alimenta-se.

Eu nego o fim que virá provavelmente nos separar, sua facilidade, sua simplicidade desoladora, porque assim que o nego aceito o outro, aquele que está por ser inventado, que não conheço, que ainda ninguém inventou: o fim sem fim, o começo sem fim de Lol V. Stein.

Vendo-a comer, esqueço.

Não poderemos evitar pernoitar em T. Beach. Essa obviedade nos ocorre enquanto comemos. Cimenta-se em nós, esquecemos que teria podido ser diferente. É Lol que diz:

— Se você quiser, ficaremos esta noite aqui.
Não podemos voltar para casa, é verdade.
Digo:
— Vamos ficar. Não podemos fazer de outra forma.
— Vou telefonar ao meu marido. Não basta eu estar em T. Beach para que ele
Ela acrescenta:
— Depois disso eu serei tão razoável. Como eu já lhe disse que era o fim da nossa história, posso mudar, não? Posso, você vê.
Ela se apega a essa certeza.
— Olhe para o meu rosto, isso deve ser visível, diga-me que não podemos voltar.
— É visível, não podemos.
Em ondas sucessivas, sem trégua, seus olhos se enchem de lágrimas, ela ri através delas, não conheço esse riso.
— Quero estar com você, quero tanto.
Ela me pede para ir alugar um quarto. Vai me esperar na praia.
Estou num hotel. Alugo o quarto, pergunto, eles me respondem, eu pago. Estou com ela esperando por mim: o mar enfim sobe, afoga os pântanos azuis um após o outro, progressivamente e com igual lentidão eles vão perdendo a sua individualidade e se confundem com o mar, estes aqui já se foram, mas outros aguardam

a sua vez. A morte dos pântanos enche Lol de uma tristeza abominável, ela espera, pode prevê-la, vê-la. Ela a reconhece.

Lol sonha com um outro tempo em que a mesma coisa que vai acontecer aconteceria de forma diferente. De outra maneira. Mil vezes. Por toda parte. Em outro lugar. Entre outras pessoas, milhares que, como nós, sonham necessariamente com esse tempo. Esse sonho me contamina.

Sou obrigado a despi-la. Ela não vai fazer isso sozinha. Ei-la nua. Quem está ali na cama? Quem, pensa ela?

Deitada, ela não se mexe. Está preocupada. Está imóvel, fica onde eu a coloquei. Segue-me com os olhos como a um desconhecido através do quarto quando por minha vez me dispo. Quem é? A crise está aqui. Nossa situação, no momento, neste quarto onde ela e eu estamos sozinhos, desencadeou isso.

– A polícia está lá embaixo.

Não a contradigo.

– Estão batendo nas pessoas nas escadas.

Não a contradigo.

Ela já não me reconhece de jeito nenhum.

– Não sei mais, quem é?
Então ela mal me reconhece.
– Vamos embora.
Eu digo que a polícia nos levaria.
Deito-me ao lado dela, de seu corpo cerrado. Reconheço seu cheiro. Acaricio-a sem olhá-la.
– Ah, como você me machuca.
Continuo. Pelo toque, reconheço as ondulações do corpo de uma mulher. Desenho flores nele. Ela não reclama mais. Ela não se mexe mais, sem dúvida lembra que está ali com o amante de Tatiana Karl.
Mas eis que ela finalmente duvida dessa identidade, a única que reconhece, a única que sempre reivindicou, pelo menos durante o tempo em que a conheci. Diz:
– Quem é?
Geme, me pede para dizer. Digo:
– Tatiana Karl, por exemplo.

Exausto, no fim de todas as minhas forças, peço-lhe que me ajude:
Ela me ajuda. Ela sabia. Quem era antes de mim? Nunca saberei. Não me importo.

Depois, aos gritos, ela insultou, suplicou, implorou para ser tomada e deixada ao mesmo tempo, perseguida, tentando fugir do quarto, da cama, voltando até lá para ser capturada, consciente, e não houve mais diferença entre ela e Tatiana Karl exceto em seus olhos isentos de remorso e na designação que ela fazia de si mesma – Tatiana não diz seu próprio nome – e nos dois nomes que se dava: Tatiana Karl e Lol V. Stein.

Foi ela quem me acordou.
– Precisamos voltar para casa.
Estava vestida, de casaco, de pé. Continuou a se parecer com aquela que havia sido durante a noite. Razoável, à sua maneira, pois gostaria de ter ficado mais tempo, gostaria que tudo recomeçasse e achava que isso não devia acontecer. Seu olhar estava voltado para baixo, sua voz, que ela não levantava, havia diminuído.

Vai até a janela enquanto me visto e também evito me aproximar dela. Ela me lembra de que tenho que encontrar Tatiana no Hôtel des Bois às seis horas. Esqueceu-se de muitas coisas, mas não desse encontro.

Na rua, nós nos olhamos. Eu a chamei pelo nome, Lol. Ela riu.
Não estávamos sozinhos no compartimento, era preciso falar em voz baixa.

Ela me fala de Michael Richardson a meu pedido. Diz o quanto ele adorava tênis, que escrevia poemas que ela achava bonitos. Insisto que ela fale sobre isso. Talvez possa me dizer algo mais? Pode. Eu sofro por todos os lados. Ela fala. Volto a insistir. Ela me oferece dor com generosidade. Recita noites na praia. Quero saber ainda mais. Ela me conta mais. Sorrimos. Ela falou como da primeira vez, na casa de Tatiana Karl.

A dor desaparece. Digo isso a ela, que para de falar.

Acabou, finalmente. Ela pode me contar qualquer coisa sobre Michael Richardson, pode me contar o que quiser.

Pergunto se ela acha que Tatiana é capaz de contar a Jean Bedford que algo está acontecendo entre nós. Ela não entende a pergunta. Mas sorri ante o nome de Tatiana, a lembrança daquela cabecinha preta tão longe de suspeitar qual o destino que foi decidido para ela.

Não fala de Tatiana Karl.

Esperamos que os últimos viajantes saíssem do trem para sair.

Senti o estranhamento de Lol como uma grande dificuldade. O quê? por um segundo. Pedi que ela não voltasse para casa de imediato, que era cedo, que Tatiana poderia esperar. Será que ela considerou isso? Não acredito. Ela disse:

– Por que esta noite?

A noite caía quando cheguei ao Hôtel des Bois.
Lol nos havia precedido. Dormia no campo de centeio, cansada, cansada da nossa viagem.

POSFÁCIO.

HOMENAGEM A MARGUERITE DURAS PELO ARREBATAMENTO DE LOL V. STEIN •

Jacques Lacan

Este texto compõe a coletânea *Outros escritos, Jacques Lacan* (Rio de Janeiro: Zahar, 2003), com tradução de Vera Ribeiro e versão final de Angelina Harari e Marcus André Vieira. O original que serviu de base à tradução consta de *Autres écrits* (Paris: Seuil, 2001). As notas da edição [N. E.] são originais da publicação da Zahar. A Relicário é grata à editora pela cessão do texto.

Arrebatamento – essa palavra constitui para nós um enigma. Será objetiva ou subjetiva naquilo em que Lol V. Stein a determina?

Arrebatada. Evoca-se a alma e é a beleza que opera. Desse sentido ao alcance da mão iremos desembaraçar-nos como for possível, com algo do símbolo.

Arrebatadora é também a imagem que nos será imposta por essa figura de ferida, exilada das coisas, em quem não se ousa tocar, mas que faz de nós sua presa.

Os dois movimentos, no entanto, enlaçam-se numa cifra que se revela por esse nome sabiamente formado, pelo contorno de sua escrita: Lol V. Stein.[1]

Lol V. Stein: asas de papel, V tesoura, Stein, a pedra – no jogo do amor tu te perdes.[2]

1_ [N. E.] Nome adotado pela personagem Lola Valérie Stein após a noite do baile em que perde seu amante para uma rival.

2_ [N. E.] No original *Jeu de la mourre*. O jogo de que se trata é semelhante à porrinha jogada no Brasil e a uma variante do "par-ou-ímpar" conhecida como "pedra, tesoura ou papel".

Respondemos: Ó, boca aberta, o que quero eu ao dar três saltos na água, em impedimento no amor, em que mergulhado estou?

Essa arte sugere que a arrebatadora é Marguerite Duras, e nós, os arrebatados. Mas se, ao calcarmos nossos passos nos passos de Lol, que ressoam em seu romance, nós os ouvimos a nossas costas sem haver encontrado ninguém, será porque sua criatura se desloca num espaço desdobrado, ou será que um de nós passou através do outro, e quem dela ou de nós deixou-se então atravessar?

Onde se vê que a cifra deve ser enlaçada de outro modo – porque, para apreendê-la, é preciso contar três.

Leiam, é o melhor.

A cena de que o romance inteiro não passa de uma rememoração é, propriamente, o arrebatamento de dois numa dança que os solda, sob o olhar de Lol, terceira, com todo o baile, sofrendo aí o rapto de seu noivo por aquela que só precisou aparecer subitamente.

E, para tocar no que Lol procura a partir desse momento, não nos ocorre fazê-la dizer um "eu me dois" [*je me deux*], conjugando doer [*douloir*] com Apollinaire?[3]

Mas, justamente, ela não pode dizer que está sofrendo.

Pensaríamos, seguindo algum clichê, que ela repete o acontecimento. Mas, olhemos mais de perto.

3_ [N. E.] Vale lembrar a homofonia entre *je me deux* e *j'aime deux* (anno dois).

É de arregalar os olhos que ele é reconhecível na espreita, à qual doravante Lol voltará muitas vezes, de um casal de amantes no qual reencontrou, como que por acaso, uma amiga que lhe fora íntima antes do drama e que a ele assistira em sua hora exata: Tatiana.

Não é o acontecimento, mas um nó que se reata aí. E o que é atado por esse nó é propriamente o que arrebata – porém, mais uma vez, a quem?

O mínimo a dizer é que a história, nesse ponto, põe alguém no outro prato da balança, e não apenas por ser dele que Marguerite Duras faz a voz da narrativa: o outro parceiro do casal. Seu nome, Jacques Hold.

Porque também ele não é o que parece quando digo "a voz da narrativa". É, antes, sua angústia. Na qual, mais uma vez, ressurge a ambigüidade: será a dele ou a da narrativa?

Em todo caso, ele não é um simples apresentador da máquina, mas, antes, uma de suas engrenagens, e não sabe tudo sobre o que o prende a ela.

Isso legitima que eu aqui introduza Marguerite Duras, tendo aliás seu consentimento, num terceiro ternário, um de cujos termos é o arrebatamento de Lol V. Stein tomado como objeto em seu próprio nó, e onde eis-me o terceiro a introduzir um arrebatamento, no meu caso decididamente subjetivo.

Isso não é um madrigal, mas uma baliza de método, que pretendo afirmar aqui em seu valor positivo e negativo. Um sujeito é termo científico, como perfeitamente calculável, e a evocação de seu status deveria pôr termo a algo que de fato cabe designar pelo nome: a grosseria, digamos, o pedantismo de uma certa psicanálise. Essa face de suas traquinices, sendo sensível, esperamos, aos que nelas se lançam, deveria servir para lhes apontar que eles resvalam para uma certa burrice: por exemplo, a de atribuir a técnica declarada de um autor a uma neurose qualquer – grosseria, e de demonstrá-lo pela adoção explícita dos mecanismos que dela compõem o edifício inconsciente. Burrice.

Penso que, apesar de Marguerite Duras me fazer saber por sua própria boca que não sabe, em toda a sua obra, de onde lhe veio Lol, e mesmo que eu pudesse vislumbrar, pelo que ela me diz, a frase posterior, a única vantagem que um psicanalista tem o direito de tirar de sua posição, sendo-lhe esta reconhecida como tal, é a de se lembrar, com Freud, que em sua matéria o artista sempre o precede e, portanto, ele não tem que bancar o psicólogo quando o artista lhe desbrava o caminho.

Foi precisamente isso que reconheci no arrebatamento de Lol V. Stein, onde Marguerite Duras revela saber sem mim aquilo que ensino.

No que não diminuo em nada seu talento por apoiar minha crítica na virtude de seus meios.

Que a prática da letra converge com o uso do inconsciente é tudo de que darei testemunho ao lhe prestar homenagem.

Asseguro aqui àquele que lê estas linhas à luz da ribalta prestes a se apagar ou restabelecida, ou das margens do futuro por onde Jean-Louis Barrault, através desses *Cahiers*, tenciona fazer abordar a conjunção única do ato teatral, que, do fio que vou desenrolar, não há nada que não se situe na letra do arrebatamento de Lol V. Stein e que um outro trabalho feito hoje em minha escola não lhe permita pontuar. De resto, menos me dirijo a esse leitor do que peço desculpas à sua intimidade por me exercitar no nó que destorço.

Este deve ser captado na primeira cena, na qual Lol é propriamente desinvestida de seu amante, ou seja, deve ser seguido no tema do vestido,[4] que sustenta aqui a fantasia a que Lol se prende posteriormente, a de um além para o qual não soube encontrar a palavra certa, essa palavra que, fechando as portas aos três, a teria conjugado no momento em que seu amante tivesse levantado o vestido, o vestido preto da mulher, e revelado sua nudez.

4_ [N. E.] Lacan utiliza-se da conexão estabelecida, em francês, entre o amante roubado (*dérobé*) de Lol e o vestido (*robe*), suporte da imagem do corpo em torno do qual todo o seu texto é articulado.

Será que isso vai mais longe? Sim, até o indizível dessa nudez que se insinua substituindo seu próprio corpo. É aí que tudo se detém.

Não bastaria isso para reconhecermos o que aconteceu com Lol, e que revela o que acontece com o amor, ou seja, com essa imagem, imagem de si de que o outro reveste você e que a veste, e que, quando desta é desinvestida, a deixa? O que ser embaixo dela? O que dizer disso, quando nessa noite, Lol totalmente entregue à sua paixão dos dezenove anos, sua investidura [*prise de robe*]; sua nudez ficou por cima, a lhe dar seu brilho?

O que lhe resta agora é o que diziam de você quando você era pequena, que você nunca estava exatamente ali.

Mas, que vem a ser essa vacuidade? Ela adquire então um sentido: você foi – sim, por uma noite, até a aurora em que algo nesse lugar se rompeu – o centro dos olhares.

O que esconde essa locução? O centro não é a mesma coisa em todas as superfícies. Único num plano, por toda parte numa esfera, numa superfície mais complexa ele pode dar um nó esquisito. Esse é o nosso.

Pois você sente que se trata de um envoltório que já não tem dentro nem fora, e que, na costura de seu centro, todos os olhares convergem para o seu, eles são o seu que os satura e que, para sempre, Lol, você reivindicará a todos os passantes. Acompanhemos Lol, captando na passagem de um para outro esse talismã de que todos se livram às pressas, como se fosse um perigo: o olhar.

Todo olhar será o seu, Lol, como me dirá, fascinado, Jacques Hold, por sua vez pronto para amar "toda Lol".

Há uma gramática do sujeito em que colher esse traço genial. Ele ressurgirá sob uma pena que o apontou para mim.

É só verificar, esse olhar está por toda parte no romance. E a mulher do acontecimento é muito fácil de reconhecer, pelo fato de Marguerite Duras a pintar como não olhar.

Eu ensino que a visão se cinde entre a imagem e o olhar, que o primeiro modelo do olhar é a mancha de onde deriva o radar, que o corte do olho oferece à extensão.

Olhar, espalha-se sobre a tela com o pincel, para fazer vocês baixarem o seu diante da obra do pintor.

Diz-se que "salta aos olhos" aquilo que requer sua atenção.[5]

Porém é mais a atenção daquilo que lhes salta aos olhos que se trata de obter. Porque, daquilo que os olha sem olhá-los, vocês não conhecem a angústia.

5_ [N. E.] A expressão utilizada por Lacan é *ça vous regarde,* que se constrói em francês com o mesmo verbo *regarder* (olhar) em sua acepção de "dizer respeito a", "concernir a", e que se traduziria termo a termo por "isso olha para você".

É essa angústia que se apodera de Jacques Hold quando, da janela da casa de tolerância em que espera por Tatiana, ele descobre, à beira do campo de centeio em frente, Lol deitada.

Sua agitação em pânico, violenta ou imaginada, vocês terão tempo de levá-la ao registro do cômico antes que ele se tranqüilize significativamente, ao dizer a si mesmo que Lol certamente o vê. Um pouco mais calmo, apenas, ao conceber esse segundo tempo de que ela se saiba vista por ele.

Mas ainda será preciso que ele lhe mostre, propiciatória, à janela, Tatiana, sem mais se inquietar com o fato de esta nada haver notado, cínico por já tê-la sacrificado à lei de Lol, visto que é na certeza de estar obedecendo ao desejo de Lol que, com vigor dez vezes maior, ele se encarrega da amante, fazendo-a soçobrar sob palavras de amor cujas comportas sabe serem abertas pela outra, mas palavras vis, que ele sente que não quereria para ela.

Não se enganem, sobretudo, a respeito do lugar do olhar aqui. Não é Lol quem olha, nem que seja pelo fato de que ela não vê nada. Ela não é o *voyeur*. O que acontece a realiza.

O lugar onde está o olhar é demonstrado quando Lol o faz surgir em estado de objeto puro, com as palavras que convêm, para Jacques Hold, ainda inocente.

"Nua, nua sob seus cabelos negros" – essas palavras, vindas da boca de Lol, engendram a passagem da beleza de Tatiana à função de mancha intolerável pertinente a esse objeto.

Essa função é incompatível com a manutenção da imagem narcísica em que os amantes se empenham em conter seu enamoramento, e Jacques Hold não tarda a sentir seu efeito.

A partir daí, é legível que, fadados a realizar a fantasia de Lol, eles são cada vez menos um e outro.

Não é a divisão de sujeito, manifesta em Jacques Hold, que nos reterá por mais tempo, mas sim o que ele é no ser a três em que Lol se põe suspensa, chapando sobre seu vazio o "eu penso" de sonho ruim que constitui a matéria do livro. Ao fazê-lo, porém, ele se contenta em lhe dar uma consciência de ser que se sustenta fora dela, em Tatiana.

Esse ser a três, contudo, é realmente Lol quem o arranja. E é pelo fato de o "eu penso" de Jacques Hold assediá-la com um cuidado próximo demais – no fim do romance, na estrada em que ele a acompanha numa peregrinação ao local do acontecimento – que Lol enlouquece.

Coisa de que o episódio efetivamente traz as marcas, mas que pretendo destacar aqui que me vem de Marguerite Duras.

Isso porque a última frase do romance, que reconduz Lol ao campo de centeio, parece-me produzir um fim menos decisivo do que essa observação. Na qual se adivinha a advertência contra o patético da compreensão. Ser compreendida não convém a Lol, que não é salva do arrebatamento.

Mais supérfluo fica sendo meu comentário do que faz Marguerite Duras, ao dar existência de discurso à sua criatura.

Pois o próprio pensamento em que eu lhe devolveria seu saber não poderia estorvá-la com a consciência de ser em um objeto, visto que esse objeto, ela já o recuperou através de sua arte.

É esse o sentido da sublimação com que os psicanalistas ainda estão aturdidos, pelo fato de, ao lhes legar esse termo, Freud ter ficado de bico calado.

Advertindo-os apenas de que a satisfação que ela traz não deve ser tida como ilusória.

O que não foi falar alto o bastante, sem dúvida, uma vez que, graças a eles, o público continua convencido do contrário. E também poupado, enquanto eles não vierem professar que a sublimação se mede pelo número de exemplares vendidos pelo escritor.

É que aí desembocamos na ética da psicanálise, cuja introdução em meu seminário foi a linha divisória para a frágil tábua que conduz à sua plateia.

Foi diante de todos, no entanto, que um dia confessei haver, durante todo este ano, segurado no invisível a mão de uma outra Marguerite, a do *Heptâmeron*. Não é à toa que encontro aqui essa eponimia.

É que me parece natural reconhecer em Marguerite Duras a caridade severa e militante que anima as histórias de Marguerite d'Angoulême, quando conseguimos lê-las desencardidos de alguns dos preconceitos mediante os quais o tipo de instrução que recebemos tem a missão expressa de nos criar uma barreira diante da verdade.

Aqui, a ideia da história "galante". Lucien Febvre tentou, num livro magistral, denunciar seu engodo.

E eu me detenho no fato de Marguerite Duras me atestar que recebeu de seus leitores um assentimento que a impressiona, unânime, referente a essa estranha forma de amor: aquela que o personagem que assinalei ter exercido aqui a função não do narrador, mas do sujeito, leva em oferenda a Lol, como terceiro que está certamente longe de ser um terceiro excluído.

Rejubilo-me, como com uma prova, com o fato de que a seriedade ainda conserve alguns direitos após quatro séculos em que a momice dedicou-se, através do romance, a depositar a convenção técnica do amor cortês numa conta de ficção e a apenas mascarar o déficit da promiscuidade do casamento, a qual essa convenção realmente esquivava [*paraît*].

E o estilo que você exibe, Marguerite Duras, através do seu *Heptâmeron*, talvez pudesse ter facilitado os caminhos pelos quais o grande historiador que apontei anteriormente esforçou-se por compreender uma ou outra das histórias que considerou nos terem sido transmitidas por serem histórias verdadeiras.

Inúmeras considerações sociológicas referentes às variações da dor de viver, de uma época para outra, são pouco, comparadas à relação estrutural que, por ser do Outro, o desejo mantém com o objeto que o causa.

E a aventura exemplar que faz dedicar-se até a morte o Amador do romance X, que não é nenhum coroinha, a um amor que nada tem de platônico, apesar de ser um amor impossível, lhe teria parecido um enigma menos opaco, não sendo vista através dos ideais do *happy end* vitoriano.

Pois o limite em que o olhar se converte em beleza, eu o descrevi, é o limiar do entre-duas-mortes, lugar que defini e que não é simplesmente aquilo em que acreditam os que estão longe dele – o lugar do infortúnio.

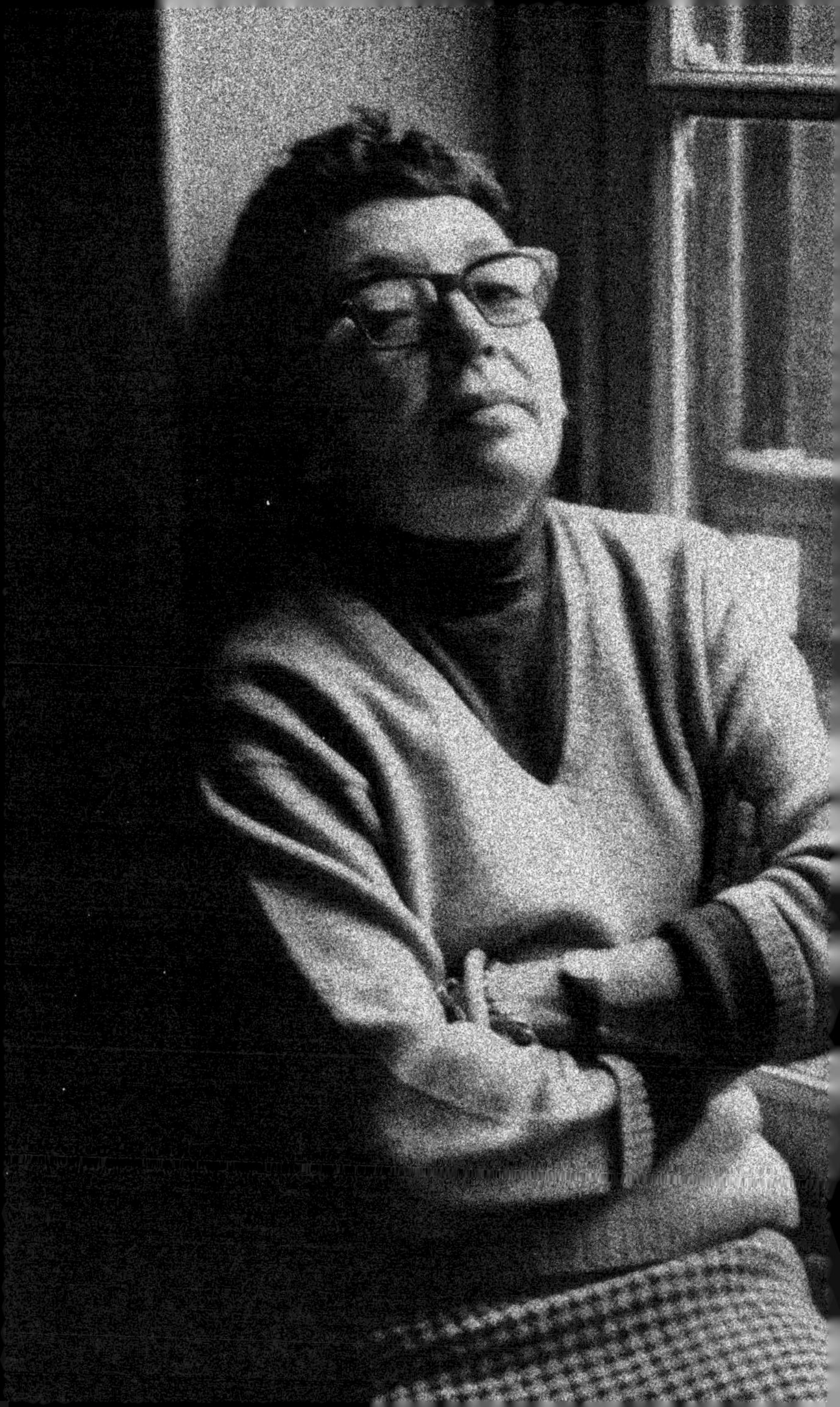

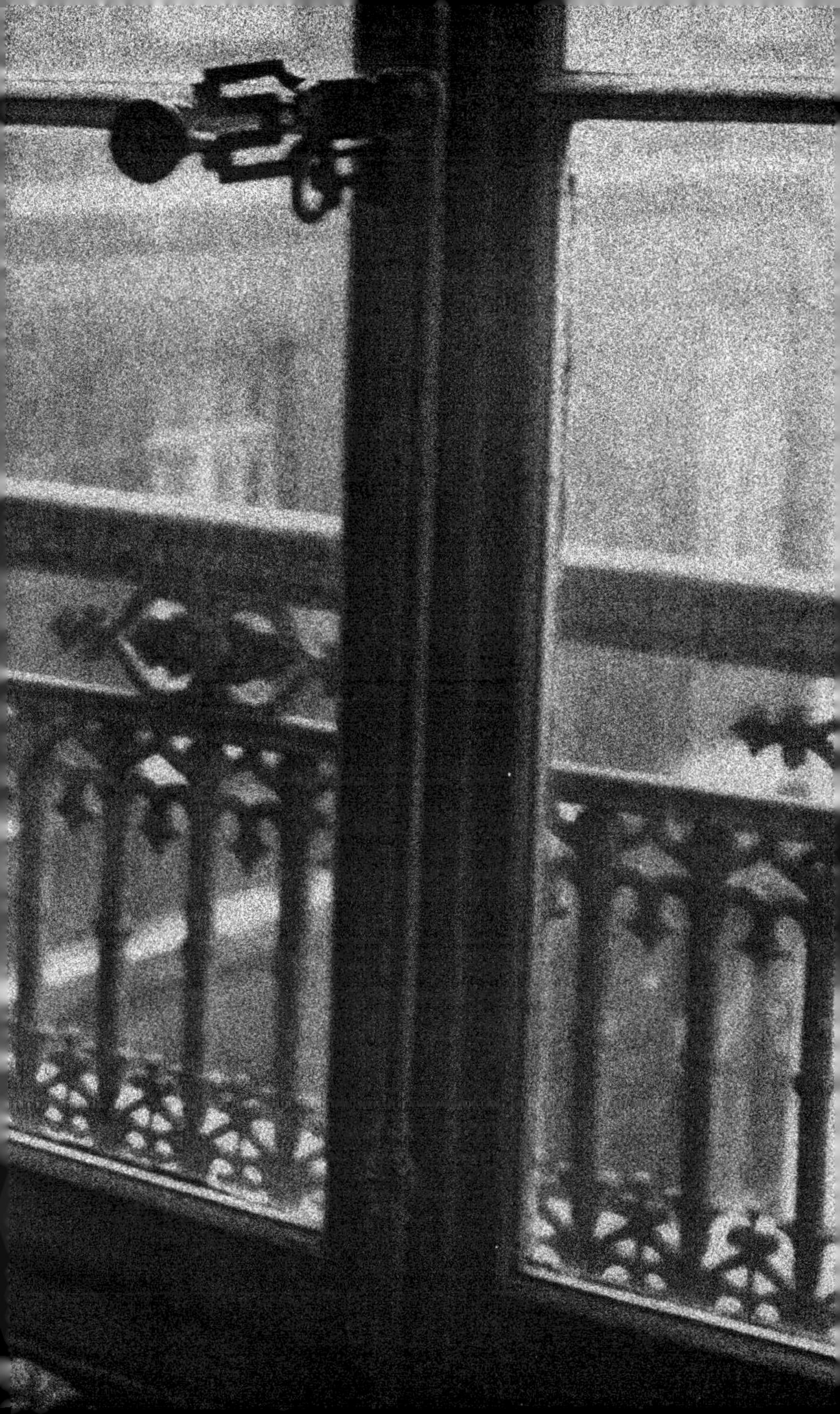

SOBRE A AUTORA●

Marguerite Duras, uma das escritoras mais consagradas do mundo francófono, nasceu em 1914 na Indochina — então colônia francesa, hoje Vietnã —, onde seus pais foram tentar a vida como instrutores escolares. A vida na antiga colônia, onde ela passou a infância e a adolescência, marcou profundamente sua memória e influenciou sua obra. Em 1932, aos 18 anos, mudou-se para Paris, onde fez seus estudos em Direito. Em 1943, publicou seu primeiro romance, *Les impudents*, iniciando então uma carreira polivalente, publicando romances, peças de teatro, crônicas no jornal *Libération*, roteiros, e realizando seu próprio cinema. Dentre suas mais de 50 obras estão os consagrados *Uma barragem contra o Pacífico*, *Moderato cantabile*, *O arrebatamento de Lol V. Stein* e *O amante* (seu best-seller, que lhe rendeu o Prêmio Goncourt de 1984 e foi traduzido para dezenas de países). Em 1959, escreveu o roteiro do filme *Hiroshima mon amour*, que foi dirigido por Alain Resnais e alcançou grande sucesso. Nos anos 1970, dedicou-se exclusivamente ao cinema, suspendendo romances, mas publicando seus textos-filmes. *India song* e *Le camion* foram projetados no Festival de Cannes em 1975 e 1977, respectivamente. Morreu aos 81 anos em Paris, em 1996.

SOBRE A COLEÇÃO MARGUERITE DURAS •

A COLEÇÃO MARGUERITE DURAS oferece ao público brasileiro a obra de uma das escritoras mais fascinantes do seu século e uma das mais importantes da literatura francófona.

A intensa vida e obra da escritora, cineasta, dramaturga e cronista recobre o século XX, atravessando o confuso período em que emergem acontecimentos que a fizeram testemunha do seu tempo — desde os trágicos anos da Segunda Guerra até a queda do Muro de Berlim. Duras publica até o término de sua vida, em 1996. Os textos da escritora se tornaram objeto do olhar dos Estudos Literários, da Psicanálise, da História, da Filosofia e dos estudos cinematográficos e cênicos. Sabe-se, no entanto, que a escrita de Duras subverte categorias e gêneros, e não é por acaso que sua literatura suscitou o interesse dos maiores pensadores contemporâneos, tais como Jacques Lacan, Maurice Blanchot, Michel Foucault, Gilles Deleuze, entre outros.

Os títulos que integram a Coleção Marguerite Duras são representativos de sua obra e transitam por vários gêneros, passando pelo ensaio, roteiro, romance e o chamado texto-filme, proporcionando tanto aos leitores entusiastas quanto aos que se iniciam na literatura durassiana uma intrigante leitura. E mesmo que alguns livros também relevantes não estejam em nossa obra de Marguerite Duras é dignamente representada pela escolha cuidadosa junto aos editores franceses.

Nesta Coleção, a capa de cada livro traz um retrato da autora correspondente à época de sua publicação original, o que nos permitirá compor um álbum e vislumbrar como sua vida e obra se estenderam no tempo. Além disso, cada título é privilegiado com um prefácio escrito por experts da obra — pesquisadores e especialistas francófonos e brasileiros —, convidados que se dedicam a decifrar a poética durassiana. Obra que se inscreve na contemporaneidade, para parafrasear Giorgio Agamben, no que tange à sua relação com o próprio tempo. Marguerite Duras foi uma escritora capaz de tanto aderir ao seu tempo, como dele se distanciar, pois "contemporâneo é aquele que mantém fixo o olhar no seu tempo, para nele perceber não as luzes, mas o escuro", evocando aqui o filósofo. Assim viveu e escreveu Duras, tratando na sua literatura de temas jamais vistos a olho nu, nunca flutuando na superfície, mas se aprofundando na existência, deixando à deriva a falta, o vazio, o imponderável, o nebuloso e o imperceptível. Toda a obra de Marguerite Duras compartilha dessa poética do indizível e do incomensurável, dos fragmentos da memória e do esquecimento, das palavras que dividem com o vazio o espaço das páginas: traços da escrita durassiana com os quais o leitor tem um encontro marcado nesta coleção.

LUCIENE GUIMARÃES DE OLIVEIRA
Coordenadora da Coleção Marguerite Duras

Títulos já publicados pela coleção:
- *Escrever* (Trad. Luciene Guimarães)
- *Hiroshima meu amor* (Trad. Adriana Lisboa)
- *Moderato cantabile* (Trad. Adriana Lisboa)
- *Olhos azuis cabelos pretos* & *A puta da costa normanda* (Trad. Adriana Lisboa)
- *O arrebatamento de Lol V. Stein* (Trad. Adriana Lisboa)

Próximos títulos:
- *A doença da morte*
- *Destruir, disse ela*
- *O homem atlântico*
- *O homem sentado no corredor*
- *O verão de 80*
- *Uma barragem contra o Pacífico*

COLEÇÃO
MARGUERITE
DURAS

© Relicário Edições, 2023
© Éditions Gallimard, 1964
© Editions du Seuil, 2001. Outros escritos, Jacques Lacan

Dados Internacionais de Catalogação na Publicação (CIP) de acordo com ISBD

D952a
Duras, Marguerite

O arrebatamento de Lol V. Stein / Marguerite Duras; tradução por Adriana Lisboa; prefácio por Johan Faerber; posfácio por Jacques Lacan. – Belo Horizonte: Relicário, 2023.
244 p. ; 13 x 19,5 cm. – (Coleção Marguerite Duras ; v. 5)

Título original: *Le ravissement de Lol V. Stein*
ISBN: 978-65-89889-82-3

1. Literatura francesa. 2. Romance. I. Lisboa, Adriana. II. Faerber, Johan. III. Lacan, Jacques. IV. Título. V. Série.

CDD: 843.7   CDU: 821.133.1-31

Elaborado pelo Bibliotecário Tiago Carneiro – CRB-6/3279

Coordenação editorial: Maíra Nassif
Editor-assistente: Thiago Landi
Coordenação da Coleção Marguerite Duras: Luciene Guimarães de Oliveira
Tradução: Adriana Lisboa
Revisão técnica: Luciene Guimarães de Oliveira
Preparação: Maria Fernanda Moreira
Revisão: Thiago Landi
Capa, projeto gráfico e diagramação: Tamires Mazzo
Fotografia da capa: © René Saint-Paul/Bridgeman Images (1966)

RELICÁRIO EDIÇÕES
Rua Machado, 155, casa 1, Colégio Batista | Belo Horizonte, MG, 31110-080
contato@relicarioedicoes.com | www.relicarioedicoes.com

1ª edição [primavera de 2023]

ESTA OBRA FOI COMPOSTA EM MINION PRO E
HEROIC CONDENSED E IMPRESSA SOBRE PAPEL
PÓLEN BOLD 70 G/M² PARA A RELICÁRIO EDIÇÕES.